सांझी सांझ

खंड 4

डा. जे वी मनीषा बजाज

N **notionpress**.com

INDIA · SINGAPORE · MALAYSIA

श्री राम के चरणों में
सादर समर्पित

जीवन संध्या से घबराए

मन सोच सोच कर डर जाए

राघव मति ऐसी हो सबकी

फिर श्रवण कुमार का युग आए

विषयसूची

डा0 जे वी मनीषा की कलम से

प्रस्तावना

प्रिय पाठक,

अभी कल की ही तो बात थी, हम छोटे-छोटे बच्चे थे और हमारे माता पिता हमारे 'शी वुमन' और 'ही मैन' थे। न जाने कब हम बड़े हो गये और हमारे बड़े हमसे और ज़्यादा बड़े हो गये। उम्र के साथ असंख्य अनुभवों के भार से लदा वृक्ष झुक गया। हम देख तो रहे थे पर अपने नये पंखों की उड़ान के विस्तार में शायद उतना गौर नहीं कर पा रहे थे। चेतना तो तब आई जब समय ने उम्र की मोहर लगा दी। अपने बड़ो के साथ नहीं बिताये पलों का खेद कचोटने लगा।

अभी कल की ही तो बात थी, मैं पापा के साथ लगाई कितनी रेसों में जीती थी, मैंने जब चाय बनाई थी, तो पापा ने तारीफ़ की थी और कहा कि पहली बार इतनी अच्छी चाय बनी है, माँ से भी ज़्यादा अच्छी चाय। समय ने बदल दिया बहुत कुछ और हमें पता भी नहीं चला। कब उनकी दौड़ में जानी बुझी हार उनकी वास्तविक चाल की गति को मंद कर गई, हम जान भी न पाये, कब स्थानांतरित हो गये संबोधन, वर्मा जी की बेटी से जे वी के फादर। मेरी उँगली को जतन से पकड़ने वाले हाथ कब सहारे के लिए मेरे कंधों पर आ कर टिक गये, पता भी नहीं चला।

अभी कल की ही तो बात थी जब हमारे स्कूल के कंडक्टर अंकल हमें गोद में उठा कर बस में चढ़ाते थे, कल मैंने उन्हें सहारा ले कर सीढ़ियाँ उतरते देखा। ये कैसा चक्र है जो निरंतर चल रहा है और हमे अहसास भी नहीं हो रहा कि सिर्फ़ हमारे आस पास के लोग ही नहीं हम भी प्रतिपल बदलते जा रहे हैं। इसी बदलाव के

कुछ गुनगुने से क्षणों को अपने शब्दों में पिरोती हुई मेरी क़लम गढ़ती है कुछ प्रतिरूप। कुछ ऐसे आलेख जो वयोश्रेष्ठ जीवन के आस पास घूमते है, उन्हें जीते है और फिर उन्हें उकेरने की कोशिश करते है। जिसमें कभी सफल होतें हैं तो कभी असफल।

अभी कल की ही तो बात थी जब कि अपने आस पास बिखरे वयोश्रेष्ठ समाज के जीवन से जुड़ी अनेक खट्टी-मीठी कहानियों को मैंने 'सांझी साँझ' के तीसरे खंड में संजो कर आपके सामने प्रस्तुत किया था। हर बार की तरह बीते साल के हर दिन ने मुझे ज़िंदगी की कुछ और कहानियों से रूबरू करवाया, कुछ और एहसासों को महसूस करने का मौक़ा दिया और कुछ और पन्ने सफ़ेद से स्याह हो गये। इन कहानियों में कुछ मुस्कुराते पल हैं तो कुछ ऐसे भी जिन्होंने मुझे जीवन के कठोर सत्य के सामने ला खड़ा किया। हम सभी सत्य का सम्मान करते हैं लेकिन सत्य के वास्तविक स्वरूप को जानना, समझना और झेलना कभी कभी अत्यंत कष्टकारी हो जाता हैं और अक्सर हम जिन अनुभवों से गुज़रते है उनका प्रभाव अमिट होता है।

बीते कल में लौटने के लिए आँखों पर पलकों के पर्दे भी गिराने की ज़रूरत नहीं। कभी-कभी शून्य में ठहरी नज़र भी पूरा जीवन यूँ जी आती है मानो अभी कल ही की बात हो। परिवार की बदलती तस्वीर कभी-कभी ये सोचने पर मजबूर कर देती है कि भविष्य अपनी मुट्ठी में क्या-कुछ छिपाये रहता है। एकल परिवार बढ़ते जा रहे हैं। कारण आपसी प्रेम की कमी नहीं है, व्यवसायिक बाध्यता भी है। समय के साथ कदम से कदम मिला कर चलने की चेष्टा भी है। ये आधुनिकता की आँधी नहीं, तरक़्क़ी की ऐसी बयार है जिसमे यदि पूरे मन से समर्पित हो कर लक्ष्य को न साधा जाये तो सफलता पाना आसान नहीं है। ऐसे में कभी-कभी चाह कर भी युवा समाज अपने बड़े बुज़ुर्गों की देखभाल नहीं कर पाता है। इस असमर्थता को न समझने वाले लोग दूसरों पर स्वार्थी का तमग़ा जड़ देते है। पर अपने बड़ों का ध्यान न रख पाने की पीड़ा सिर्फ़ वही जानता है जिसके पाँव में बिवाई फटती है।

सांझी साँझ एक प्रयास है जीवन के इस दौर की कुछ ऐसे अनुभवों को कलमबद्ध करने का, जो हर रोज़ हमारे सामने हो कर भी परोक्ष में चले जाते हैं। एक भानात्मक सेतु को सुदृढ़ करने का, जिस पर चल कर हम वयोश्रेष्ठ के प्रति ज़िम्मेदारियों के सिरों को जोड़ सकें और जीवन के इस खंड को भी पूरे सम्मान के साथ जीने की संभावनाओं को और बढ़ा सकें।

मैं अपनी मां डा0 श्रीमति गीता वर्मा और पिता श्री जनार्दन प्रसाद वर्मा की रचना हूं और मेरी ये उड़ान मेरे जीवन सचहर देवेन्द्र कुमार बजाज के सहयोग के बिना असंभव है। ये मेरे परिवार के बड़ों का आशीर्वाद है कि मैं अपनी सातवीं पुस्तक आप तक पहुंचा पा रही हूं।

मेरी इन सभी पुस्तकों की प्राप्त हुआ अर्थ शत-प्रतिशत **'हरिकृत'**[1] संस्था को आर्थिक संबल देगा। आपके द्वारा सांझा किया गया सहयोग किसी ज़रूरतमंद के दुख को सांझा करने की ताकत देगा।

आपके आशीष की अभिलाषा के साथ त्रुटियों के लिए क्षमा प्रार्थी!

डा0 जे वी मनीषा बजाज

---

1 हरिकृत 2003 से बुजुर्गो की सेवा में चलाई जा रही है स्वयंसेवी संस्था है जिसका उद्देश्य आपसी समन्वय और समझदारी से पीढियों को बीच सामन्जस्य बैठाना। कालचक्र को समझते हुए आज उस उम्र का सम्मान करना जो आने वाले समय में सभी का भविष्य है।

शुभकामनाएँ

नमस्कार दोस्तों

डा० जे वो मनीषा बजाज, जो बुजुर्ग लोगों और उनकी समझ से जो छोटे यानी कम उम्र के लोग हैं उनके बारे में सोच कर काम कर रही हैं। या इसका विपरीत यूँ कहें तो जो कुछ कम उम्र के लोग बड़े उम्र के लोगों के बारे में सोचते हैं या बूढ़ों के बारे में विचार करते हैं, या ये समझें कि उनके बीच जो दरार है उसको भरने या जोड़ने का प्रयास कर रही है।

इस प्रयास में उन्होंने एक शॉर्ट स्टोरी का कलेक्शन निकाला है सांझी साँझ। जिसमे अलग-अलग कहानियाँ हैं, छोटी-छोटी हैं, और ज्यादातर बुजुर्ग लोगों के लिए हैं। क्या पढ़ा आपने... बुजुर्ग लोगों के लिए है.... अब कुछ लोग तो 40 साल में बूढ़े हो जाते हैं कुछ लोग 50 में तो कुछ लोग 60 और कुछ लोग 70 साल की उम्र

में भी जवान रहते हैं। बुढ़ापा शरीर में जरूर है पर बुढ़ापा सबसे ज्यादा है यानी दिल में और दिमाग़ में।

जब तक ये दोनों ट्यून में रहेंगे और जवान रहेंगे मनीषा जैसे लोगों का काम हमेशा हमेशा सफल होता रहेगा।

धन्यवाद

सुहासिनी मूले

निर्माता, निर्देशक, अभिनेत्री

कहानी १

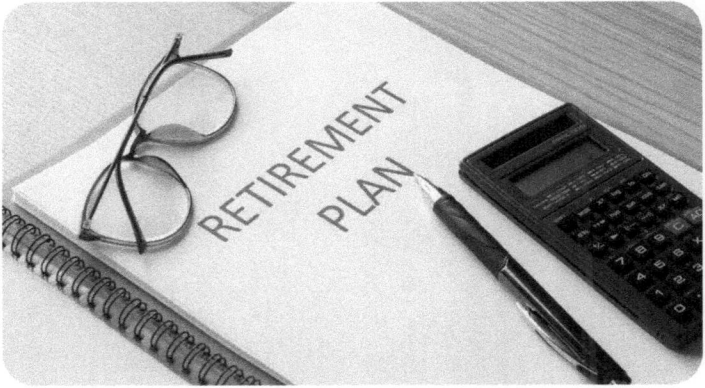

भविष्य सुरक्षित

ज़ोया के ऑफिस में कुछ बातें अन्य शायद सभी ऑफिसों से अनूठी हैं। जैसे ऑफिस के सभी कर्मचारियों, चाहे वो किसी भी पद पर हों, उनके जन्मदिन पर उनकी सीट पर उनके ऑफिस पहुंचने से पहले एक बर्थडे कार्ड, गुलाब का फूल और एक चॉकलेट रखा जाता है। लंबी छुट्टी से वापस आने के बाद एक छोटा-मोटा सेलिब्रेशन करना, यानि जिन्दगी की छोटी-छोटी ख़ुशियों को मिल कर मनाने और बड़ा बनाने की कोशिश करना। ये छोटे-छोटे पल यादें बना देते है। सभी कर्मचारियों में अपनापन और एकजुटता बनाए रखने की एक प्यारी सी कोशिश। शायद ये बातें काम करने का एक ऐसा माहौल बना देती हैं कि ज्यादातर लोग काम छोड़ने से पहले चार बार सोचते हैं और अक्सर कहीं और जाते नहीं। तनख्वाह के थोड़े बहुत उतार चढ़ाव को अहमियत न देते हुए अधिकतर लोग रिटायरमेंट तक काम करते हैं।

आज नागरथ का पैतालिसवां जन्मदिन था और ऑफिस के लोगों ने छुट्टी से एक घंटे पहले पेस्ट्री, समोसे और पिज्जा की स्वादभरी मज़ेदार पार्टी रखी थी। जन्मदिन की बधाईयों में ढेर सारी मस्ती और लंबी उम्र की विश तो हर कोई करता है पर उसकी एक जूनियर सहकर्मी ज़ोया, जिसने अभी हाल में ही ज्वाइन किया था, एक अजीब सी ही बात कर बैठी।

नागरथ जी आपने कोई रिटायरमेंट प्लान लिया है?

लो आज के दिन रिटायरमेंट प्लान की बात कौन करता है। पिज्जा टॉपिंग में से मशरूम चुनते हुए मंगल साहब बोले।

आपका कोई इंश्योरेंस कंपनी में है क्या? चाय के कप पर से लिपस्टिक पोंछती मिसेज अतरे बोलीं।

एक मिनट को ज़ोया कुछ सकुचा सी गई। पर फिर बोली। नहीं मेरा तो कोई नहीं है पर मेरे ताउ जी ने कोई रिटायरमेंट प्लान नहीं लिया था, जब वो कम उम्र के थे। बाद में लेने से उन्हें उनकी इन्वेस्टमेंट के हिसाब से सहुलियतें नहीं मिली।

तो क्या उनके परिवार में कोई उनकी मदद करने वाला नहीं है? मंगल साहब मशरूम का मज़ा लेने के बाद तन्मयता से अपनी उंगली चाट रहे थे।

हैं... सब हैं.... पर आजकल इलाज अच्छे-अच्छों की कमर तोड़ देता है। परिवार भी कहाँ तक और कितनी मदद करेगा। उनकी परेशानी देख कर मैंने पिछले महीने ही रिटायरमेंट प्लान में इन्वेस्ट किया है।

पर अभी तो तुम्हारी उम्र ही क्या है। मिसेज अतरे की आंखों में हैरानी के साथ तंज भी था।

अट्ठाइसवां खत्म होने को है। अभी से थोड़ा-थोड़ा जोड़ुगी तो ज़रूरत के समय कुछ तो होगा। आने वाले कल का क्या पता। ज़ोया की आवाज धीमी मगर वज़नदार थी।

ये आज कल के बच्चे.... नागरथ जी कुछ बोलते कि ज़ोया ने बात बीच में ही काट दी

बीते कल की दुनिया से सीख कर समय से पहले ही समय से ज़्यादा समझदार हो गए हैं। मैंने बस अपनी एक बात रखी। आप सोचिएगा। अगर आपको ठीक लगे तो जिनसे मैंने प्लान लिया है उन्हें आपका रिफरेन्स दे दुंगी।

नागरथ जी अकेले रहते थे। एक बड़े भाई और एक छोटी बहन थी। दोनों की समय पर शादियां हो चुकी थीं और सब अपने-अपने परिवारो में सुखी थे। नागरथ जी अविवाहित थे। वो क्यों अविवाहित थे इसका कोई जवाब उनके पास था नहीं। जब तक मां बाबूजी थे, तीनों साथ रहते थे। पर अब उनको गए भी चार साल हो गए। सुख-दुख में सभी साथ आ जाते हैं। इसलिए अकेलापन कभी खला नहीं। खाना बनाने के शौक़ ने जिन्दगी और आसान कर दी।

पर उस रात बिस्तर पर लेटे हुए ज़ोया की बातें बार-बार नागरथ के दिमाग़ का दरवाज़ा खटखटा रही थीं। माना की उम्र पैतालिस पार कर चुकी थी पर आज भी लगते तो पैंतीस के ही हैं। योग, व्यायाम, अच्छा सात्विक पौष्टिक खाना... किसी चीज में कोई कोताही नहीं। बुरी आदतों को कभी पास फटकने नहीं दिया, पर इस कल की आई छोकरी ने तो दिमाग़ में तूफान खड़ा कर दिया था।

सच में, अगर कल को उन्हें कुछ हो जाए तो कौन कितने दिन छुट्टी ले कर पास बैठेगा? इलाज पर जमा पूंजी कितने दिन साथ देगी? देखा जाए तो उनके सगे भाई बहन की भी तो अपनी ज़िंदगी है और अपनी जिम्मेदारियां भी हैं। हर इंसान अपने आप में ही इतना व्यस्त होता है फिर किसी और के लिए जगह ही कहां होती है। रिश्तों की गहराई और उनकी पकड़ अचानक सवालों के घेरे में आ गई। पूरी रात जैसे आंखों में कट गई। सुबह सर भारी था और आंखे कुछ लाल और सूजी थीं।

ऑफिस पहुंचते ही मंगल साहब ने टोक दिया। कल ज्यादा हो गई क्या?

अरे! ये तो सूफी आदमी हैं। क्या पिएगें और क्या ही खा लेगें? छोले पनीर से आगे कभी कुछ देखा ही नहीं। मिसेज अतरे बोलीं।

कुछ तो बात है... पानी का गिलास रखने आए बाबूराम ने भी बोल ही दिया।

तबीयत तो ठीक है ना... बुखार या सर दर्द वगैरह तो नहीं... शर्मा जी ने माथा छूते हुए पूछा।

नहीं यार! ऐसा कुछ नहीं। बस कल रात ठीक से नींद नहीं आई। सुबह-सुबह आंख लगी तो मोबाइल के अलार्म ने जगा दिया। ना सो पाना मेरे लिए सज़ा के बराबर है। आज ऑफिस आने की हिम्मत ही नहीं थी। पर अप्रैल के महीने में बजट प्लानिंग की मीटिंग की वजह से छुटटी नहीं ली।

बाबूराम कड़क चाय के साथ तीखी चटनी और समोसे ले आओ। नागरथ जी के सर दर्द की ऐसी की तैसी करनी है। मिसेज अतरे बाबू राम को आवाज लगाते हुए बोलीं।

आज पहली बार नागरथ को समोसे आयली और तीखी चटनी वाकई तीखी लग रही थी। शाम को घर जाने से पहले उन्होंने ज़ोया से हेल्थ इंश्योरेंस और पेन्शन प्लान की बात कर ली थी। शनिवार की छुट्टी वाले दिन ही ज़ोया ने उनकी मीटिंग फिक्स करने की कोशिश का वायदा भी कर लिया। वैसे तो इंश्योरेंस कंपनी अपने एजेंट भेज देती हैं पर जिन्होने ज़ोया को प्लान दिया था उनका घर ज़ोया के घर के पास ही था। तो एक पंथ दो काज हो जाते, नागरथ जी का ज़ोया के मम्मी पापा से मिलना भी हो जाता और ज़ोया की दीदी बन चुकी इंश्योरेंस एजेंट से बातचीत भी।

शनिवार को हल्का सिल्क का कुरता और पायजामा पहन नागरथ ज़ोया की बताई जगह पर पहुंच गए जहां से वो उन्हें इंश्योरेंस एजेंट के घर ले जाने वाली थी। बाद में ज़ोया के घर जाने का प्लान था।

आप बिलकुल मेरे चाचू जैसे लग रहे हैं। ज़ोया ने एजेंट के घर की घंटी बजाते हुए कहा। दरवाजे पर 'गुप्ताज़' की नेम प्लेट लगी हुई थी। इससे पहले की वो कुछ जवाब देते दरवाज़ा खुल गया। हाउस-हेल्प मनू ने दोनों को बैठक में बिठाया और आने वालों का पता देने और पानी लाने भीतर चली गई। करीने से सजा घर, एक तरफ कोने में सुंदर, एक छोटा सा मंदिर जिसमें शायद कुछ ही देर पहले दीपक जलाया गया था। पास रखी धूप सुलग कर खत्म हो चुकी थी पर उसकी महक अभी भी पूरी हवा में घुली हुई थी। किसी भगवान को मानने या भगवान से डरने वाले का घर था।

दीदी आती हैं। मनू पानी के गिलास मेज पर रखते हुए बोली। चाय चलेगी या कॉफी।

कॉफी! पर अगर दीदी बनाएं तो.... ज़ोया बोली

आप तो मेरी नौकरी छुड़वाओगे। मनू ने ज़ोया से शिकायती लहज़े में कहा।

ये चाय अच्छी बनाती हैं। जोया ने नागरथ की ओर देखते हुए कहा जो अपने मोबाइल में आंखें गड़ाए बैठे थे।

फिर तो चाय ही चलेगी। पर तकल्लुफ़ क्या करना, ज़ोया चाय तुम्हारे घर ही पी लेंगें।

नहीं नहीं ऐसा कैसे, दीदी नाराज़ हो जायेंगी। ये सच में चाय अच्छी बनाती हैं। ज़ोया बोली।

तो फिर मैं चाय ही लाती हूं... कह कर मुस्कुराते हुए मनू लपकती हुई भीतर चली गई

मेरे पापा के पास भी ऐसा ही सिल्क का कुरता है। अक्सर पूजा में वो ऐसे ही कपड़े पहनते है। मनु के जाने के बाद ज़ोया नागरथ से बोली।

हम पुराने लोग आज भी कुरता पायजामा पसंद करते हैं। नागरथ ने मोबाइल पर से अपनी नज़रें उठाते हुए कहा।

आप पुरानो जैसे पुराने नहीं हैं और मेरे मम्मी पापा भी पुराने नहीं हैं। बस वो अपनी विरासत को न भूलते हैं न भूलने देना चाहते हैं। ज़ोया ने उनकी बात काटी।

उसी समय एक हाथ में लैपटॉप और मोबाइल फोन संभाले बैठक में प्रवेश किया ज़ोया की दीदी ने। उन्हें देख कर ज़ोया सोफे से उठ कर खड़ी हो गई और आगे बढ़ कर उन से गले मिलती हुई बोली।

हाय दीदी! मैंने वो पेंशन प्लान के लिए मेरे ऑफिस के कुलीग...

नाग! समीक्षा ने ज़ोया की बात पूरी कर दी।

समीक्षा... तुम... नागरथ के चेहरे पर हैरानी के भाव पसरे हुए थे और ज़ोया तो एक-एक कर दोनों के चेहरे ताक रही थी।

आप... दोनो... जानते... ज़ोया अपनी बात पूरी कर पाती इस से पहले ही समीक्षा बोली, अरे हम दोनों एक ही स्कूल में पढ़ते थे। फिर कॉलेज भी एक ही था...

ओ एम जी.... चाइल्डहुड फ्रेन्डज़! ज़ोया बोली

हम्म! तो फिर आज तो चाय नाग ही बनाएगा। क्योंकि इसके हाथ की बनी चाय से अच्छी चाय कोई नहीं बना सकता। समीक्षा बोली।

मतलब आप लोग आज पक्का किए बैठे हो कि मेरी नौकरी नहीं बक्षोगे। मनू चाय की ट्रे ले कर बैठक के दरवाजे पर रूकते हुए बोली।

एक समवेत ठहाका गूंज उठा। अब भला ज़ोया तो क्या ही कहती। तीस साल पुराने दोस्त मिले थे। काम की बातों के अलावा भी ज़िंदगी की कितनी बातें आपस में डिस्कस हो गई। समय ने तो न जाने कैसी सरपट दौड़ लगाई की सूरज कब चांद को न्यौता दे कर चला गया पता ही नहीं चला।

ज़ोया को घर ड्राप करते हुए नागरथ उसे थैंक्स कहना नहीं भूले। पुराने दोस्तों का बरसों बाद मिलना अपने आप में एक त्यौहार जैसा होता है। आज नागरथ ने घर में दिया-बत्ती की और धूप भी जलाया। समीक्षा के घर में बसी हुई धूप की महक उन्हें पुराने दिनों में लौटा ले गई थी। समीक्षा उनकी सीनियर थीं। एक साल का ही अंतर था पर एक साथ बिताया इतना लंबा सफर अच्छा और काफी तालमेल भरा बीता। स्कूल से ले कर कॉलेज तक के सभी फंक्शन में दोनों ही भाग लेते थे। नागरथ का डील डौल ऐसा था कि वो अपनी सीनियर के साथ भी अच्छे दिखते थे। नागरथ के दोस्त तो उन्हें छेड़ते भी थे कि तेरी जोड़ी तुझसे बड़ी उम्र की लड़की के साथ अच्छी जमती है। ये बात और थी कि शायद दोनों के ही मन में शादी जैसा कोई विचार कभी आया ही नहीं, पर अगर कोई रिश्ता बनता तो अच्छा निभता।

अब बचपन के दोस्त मिले तो मिलना जुलना शुरू हो ही गया। नागरथ को पता चला कि समीक्षा भी अकेली ही हैं। उनकी शादी के जश्न में रिश्तेदारों ने हवा में खूब फायरिंग की। जिसकी एक गोली पर समीक्षा के पति का नाम लिखा था। सब बदल गया। एक भाई था वो दुबई में रहता था। वो अब अकेली थीं और नौकरी करती थीं। इंश्योरेंस, हेल्थ और पेंशन प्लान की अच्छी ज्ञाता। लोग राय भी लेते थे और पॉलिसी भी। भला हो ज़ोया का जो नागरथ को समीक्षा से मिलवा दिया।

नागरथ को समीक्षा ने एक अच्छा पेंशन प्लान और हेल्थ पॉलिसी दिलवा दी। ऑफिस मे नागरथ जी की देखा-देखी कई और लोगों ने भी अपना भविष्य सुरक्षित करने के बारे में सोचना शुरू कर दिया। पर नागरथ जी सबसे समझदार निकले। उन्होंने समीक्षा के साथ अपना भविष्य सुरक्षित कर लिया था।

एक दिन नागरथ जी ने एक लंबी छुट्टी की अर्ज़ी दी। कुछ ही दिनों बाद ऑफिस में सबके मोबाइल पर एक चौंकाने वाला मेसेज था।

परिणय नागरथ और समीक्षा!

नियति नियत समय पर नित ही

निर्णय लेती नियमबद्ध हो

नतमस्तक हो निज शीश नवायें

हम नूतन संबंधों को

कहानी २

सफ़ेद गुलाब के फूल

सुबह की सुनहरी कच्ची धूप बाल्कनी में उतर रही थी। रात की बारिश के बाद निकली ये हल्की-हल्की धूप बड़ी अच्छी लगती है।

चाचू! छोटी को गेट तक छोड़ आएगें क्या? मधु ने छोटी के कंधों पर बैग टांगते हुए कहा। उसके खुद के कंधे पर दो दिन पुराने धुले पर सिमसिमे कपड़ों का ढेर था और हाथ में ताज़ा धुले हुए गीले कपड़े। दो दिन बाद निकली इस धूप को मधु भला कैसे ज़ाया हो जाने देती।

अं... हं... चाचू जैसे नींद से जागे। मैं... उन्होंने भर नज़र मधु को देखा। गीले कपड़ों को एक हाथ से दूसरे हाथ में लेती और छोटी की पानी की बॉटल उनकी ओर बढ़ाती मधु उनके भतीजे सोहम की पत्नी थी। रोज की तरह सुबह के ढेर सारे कामों से जूझती हुई।

अच्छा ले जाता हूं। कह कर चाचू ने मधु के हाथ से पानी की बॉटल ले ली और छोटी का छोटा सा हाथ अपने हाथ में ले कर धीमें कदमों से दरवाज़े की ओर बढ़ गए। मधु ने एक नज़र उनकी धीमी चाल पर डाली और एक लंबी सांस ले कर जल्दी-जल्दी कपड़े तार पर फैलाने लगी। धूप लग जाए तो कपड़ो में ताज़गी सी आ जाती हैं नहीं तो सीली-सीली बरसाती महक कपड़ों में से जाती ही नहीं।

कपड़े फैला कर भीतर लौटी तो सामने पापा पूजा घर से आ कर डाइंनिग टेबल पर आसन जमा चुके थे। ड्राइंग रूम में चाचू को न देख कर पास से गुज़रती मधू से बोले

सुरेश कहां गया?

छोटी को गेट तक छोड़ने... बस आने वाली थी...

अच्छा किया... घर से निकलना उसके लिए जरूरी है। पापा अखबार का रबरबैंड हटाते हुए बोले।

जी पापा! मधू तेज कदमों से रसोई की ओर बढती हुई बोली। आजकल चाचू और पापा साथ-साथ नाश्ता कर लें तो अच्छा रहता है। पापा भी कोर्ट के लिए निकलने से पहले यही कोशिश करते की चाचू के साथ ही नाश्ता करें। फिर सोहम भी साथ बैठ जाएगें तो चाचू थोड़ा कुछ खा भी लेते हैं।

खुशहाल संयुक्त परिवार था। चाचा-चाची, पापा-मम्मी, सोहम-मधु और उनकी दो बेटियां एक छत के नीचे प्यार से रहते थे। चाचा-चाची के कोई संतान नहीं थी पर उन्होंने सोहम और उनकी बड़ी बहन साक्षी को हमेशा अपनी संतान ही माना। सिर्फ कहने को नहीं, उन्होंने दिल से बच्चों को अपना माना। सोहम तो नौवीं क्लास तक चाचा-चाची के साथ ही सोता था। मधु भी परिवार में आकर परिवार की हो गई। मुन्नी और छोटी के पैदा होने पर चाची ने ही सब कुछ संभाला था। मम्मी तो गठिया की वजह से ठीक से चल भी नहीं पाती थी। चाची ही घर की धुरी थीं। चाचू कॉलेज से रिटायरमेंट के बाद वैसे भी घर के कामों में चाची का हाथ बंटाने में लगे रहते थे। मिलजुल कर बुढ़ापा काटने का इरादा जो था। दो महीने हुए चाची अचानक ही सबको छोड़ कर चल दीं। तब से चाचू अपने आप को संभाल ही नहीं पा रहे थे। चाची के जाने के बाद जैसे वो सब से कट कर रह गए थे। हमेशा चुप से बाल्कनी में बैठे रहते। जिद कर के खाना खिलाना पड़ता। न किसी से बातचीत, न किसी से मिलना जुलना। आज अचानक ही मधु उनसे छोटी को छोड़ कर आने के लिए कह बैठी। सोहम बाथरूम में थे और पापा पूजा पर बैठे थे। मम्मी से तो कुछ कहने का तुक ही नहीं बनता।

असल में घर से कुछ ही दूर पर गेट था, जहां स्कूल बस आती थी। मुन्नी तो अपने आप चली जाती थी पर छोटी की बस देर से आती थी। फिर छोटी छोटी भी तो थी। तीसरी में पढ़ती थी। कभी घूमने भी जाओ तो हाथ छुड़ा कर कहीं से कहीं चल देती थी। बड़ा

ध्यान रखना पड़ता था उसका। दोपहर में भी अगर उसकी बस जल्दी आ जाए या लेने जाने वाला लेट हो जाए तो डर ही लगता था। वो तो भला हो गेट के पास कई बरसों से रोज बैठते फूल वाले रघुबीर का। वो अक्सर ही छोटी के जल्दी आ जाने पर उसका तब तक ध्यान रखता था जब तक मधु उसे लेने न पहुंच जाए। चाचू और सोहम उस से अक्सर ही फूल लिया करते थे सो अच्छी जान पहचान थी।

छोटी को छोड़ कर आए तो चाचू के हाथ में सफेद गुलाब के दो अधखिले फूल थे। शायद फूल वाले से लिए होंगे।

बड़े सुंदर फूल हैं... पापा चाचू से बोले

अरे! वो आज छोटी की बस देर से आई तो मैं मनोज से बातें करने लगा। उसी ने छोटी को दिए थे।

सोहम इन्हें गुलदान में सजा दे तो... पापा सोहम से बोले

उसे नाश्ता करने दो ना। मैं लगा देता हूं। चाचू ड्राइंग रूम के शोकेस में रखे गुलदान की ओर बढ़ गए।

पापा ने चाचू को बड़े दिनों बाद सहज होते हुए देखा था। एक इतमिनान सा चेहरे पर तैर गया।

जब तक चाचू गुलदान में फूल सजा कर लौटे मधु ने उनका नाश्ता भी टेबल पर लगा दिया था। उनकी पसंद के अजवाइन मिर्ची के परांठे और आलू की भुजिया थी।

सोहम अपना नाश्ता खत्म करने को थे पर चाचू को बड़े दिनों बाद आराम से बैठ कर नाश्ता करते देख वहीं रूक गए। पापा भी अपने प्याले से चाय धीमें धीमें सुड़क रहे थे।

आज मनोज दुकान पर बैठा था। उसकी मां की तबीयत ठीक नहीं शायद इसलिए रघुबीर आया नहीं था। और इस को तो कुछ भी समझ नहीं आ रहा था। फूलों के नाम भी बोटेनिकल वाले

ले रहा था। रजनीगंधा को पॉलिएन्थीस टयुबरोसा कहेगा तो कौन समझेगा।

अच्छा! तो रघुबीर ने उसे दुकान पर बैठाया ही कब। पापा हंसते हुए बोले

हां वो तो छुट्टियों में भी उसे दुकान पर बैठने नहीं देते थे। सोहम ने अपनी प्लेट में जूस का गिलास रखते हुए कहा। कॉलेज जाने लगा है ना शायद।

हां... बी एस सी का आखिरी साल है। चाचू ने बताया। बॉटनी आनर्स।

मैंने भी उसे कभी-कभार ही देखा है। पापा ने अपनी चाय का आखिरी घूंट भरा। ठंडी चाय कब तक सुड़कते। वैसे भी उनकी आदत एकदम गर्म चाय पीने की है।

बड़े दिनों बाद घर में चाचू की आवाज में हल्की सी चहक सुनाई दे रही थी। सोहम और पापा तब तक उनके साथ डाइनिंग टेबल पर बैठे रहे जब तक चाचू ने अपना नाश्ता खत्म नहीं कर लिया।

क्या हुआ! तुम लोगों को काम पर नहीं जाना क्या? अचानक चाचू दोनों को नाश्ता ख़त्म करने के बाद भी बैठा हुआ देख कर बोले।

नहीं... हम तो मनोज की बात कर रहे थे। लड़का अच्छा है। ज़हीन है पर... पापा चाचू के अचानक से दागे गए सवाल के लिए तैयार नहीं थे।

पर दुकान कैसे संभालेगा? चाचू ने आलू की करारी भुजिया की आखिरी कतरन को बड़े स्वाद से मुंह में रखते हुए कहा। सोचता हूँ मैं उसकी कुछ मदद कर दूँ। तुम्हें तो पता ही है कि मुझे फूलों के अरेंजमेंटस् बनाना कितना अच्छा लगता है।

पर चाचू आप कैसे करेंगे उसकी मदद... किचन से और परांठा पूछने के लिए आती मधु के कानों में चाचू की बात पड़ चुकी थी।

रघुबीर की पत्नी के इलाज में समय लगेगा। मनोज उस नौकर के सहारे क्या संभालेगा। चाचू हाथ से मधु को प्लेट में परांठा न डालने का इशारा करते हुए कहा।

लेकिन चाचू आप क्या दुकान पर बैठेंगे उसकी.... सोहम बोले

नहीं रे! मैं तो उसकी दुकान के पीछे रखी आराम कुर्सी पर बैठ कर उससे बातें किया करूंगा। तुम्हें तो पता है ना कि प्रिया को फूल पंसद थे। कहते हुए वो हाथ धोने के लिए कुर्सी पीछे खिसका कर उठ खड़े हुए और अपने कमरे की ओर बढ़ गए।

दिन हफ़्तों में और हफ़्ते महीने में बदल गए। चाचू अक्सर ही मनोज के पास चले जाते। कुछ खुश भी रहने लगे थे। खाने-पीने में भी फर्क नज़र आने लगा था।

एक शाम रघुबीर सफेद गलाबों का एक बड़ा सा गुल्दस्ता ले कर घर आया। दरवाजा चाचू ने ही खोला।

ये आपके लिए छोटे भैया! और उसके बाद वो उनके पैरों में झुक गया।

अरे! ये क्या कर रहे हो रघू? चाचू ने उसे कंधों से उठाया और पास ही सोफे पर बैठा दिया।

आप नहीं जानते आपने मुझ पर कितना बड़ा उपकार किया है। रघुबीर की आवाज़ में कृतज्ञता घुली थी।

ऐसा कुछ नहीं किया मैंने। रघुबीर की आवाज सुन कर पापा और मधु भी उनकी ओर चले आए।

आप नहीं जानते पिछले दो सालों से मनोज मुझसे कह रहा था कि मुझे केमिस्ट्री की कोचिंग करवा दो। पर आप जानते हैं कोचिंग मेरी औकात में कहां थी। पिछले पूरे महीने में आपने जो किया उसका एहसान....

कोई एहसान नहीं रघुबीर... मैं तो वहां फूलों में किसी को भुलाने गया था। मनोज ने तो मेरी सारी परेशानियां भुला दीं। मुझे जीने का एक नया रास्ता थमा दिया। मैंने उसे केमिस्ट्री नहीं पढ़ाई उसने मुझे ज़िंदगी की एक नई केमिस्ट्री सिखा दी। खिलखिलाना और तकलीफों को हवा में उड़ाना सिखाया। तुम किस तरह अपनी बीमार पत्नी और बच्चों को संभाल रहे हो, पढ़ा लिखा भी रहे हो।

कमियों में जीने की आदत है हमें छोटे भैया। रघुबीर बोला

पर उनकी शिकायत न करना... आस और विश्वास है। चाचू बोले।

उसके बाद तो रघुबीर, पापा और चाचू जिन्दगी के फलसफे पर चर्चा करने में व्यस्त हो गए।

सफेद गुलाब के फूलों को गुलदान में सजाती हुई मधु सोच रही थी। जिन्दगी हर मोड़ पर कुछ न कुछ सिखाने को तत्पर है बस हमें सीखने को तैयार रहना चाहिए।

किताबों में बंद सूखे फूल

खो देते हैं रंग, ख़ुशबू और आकार

बस नहीं ख़त्म होता कभी उनसे

उसमे छिपा हुआ इज़हार

कहानी ३

दूरी कहां थी

हल्वा बनाया है... गाजर का... मुझे पता है तुझे बहुत पसंद है

आकर खा लुंगा मम्मा। समीर बोला

गाजरों का मौसम भी तो होना चाहिए

अच्छा फिर सर्दियों में आउंगा... चलो अब आप सो जाओ.... मेरा तो दिन है पर आपकी रात हो रही है और फिर आप तो सुबह उठ भी जल्दी जाते हो....

क्या रात क्या दिन... नींद न तो दिन में आती है न रात को। अब सब... कहते कहते सुचित्रा की आंखें पनीली हो उठीं। उन्होंने फोन की स्क्रीन को उलट दिया।

मम्मा! क्या हुआ? समीर ने फ़ोन पर स्क्रीन को ब्लेंक होते देख कर पूछा

हाथ से फोन छूट गया बेटा। दो पल के बाद सुचित्रा ने फोन की स्क्रीन में देखते हुए कहा।

सच कह रहे हो ना आप...

हां मेरे बेटे... अब तुमसे क्या झूठ बोलना

मम्मा! आप ना उदास मत हुआ करो....

हां...

चलो सो जाओ.... आपको नींद आ रही है तो... फिर उचट जाएगी।

हां बेटा... सुचित्रा ने फोन काट दिया और गर्म दूध का गिलास ले कर बेडरूम में चली आई।

दिसम्बर के महीने में दिल्ली में अच्छी ठंड होने लगती है। खिड़की से स्ट्रीट लाइट की सफेद रौशनी छन कर भीतर आ रही थी। सुचित्रा खिड़कियों पर परदे नहीं डालती। उन्हें उगते सूरज की गुलाबी रौशनी और काली रात की स्याही में चमकते सितारों को देखना अच्छा लगता है। फिर सबसे उपर के मंजिल पर रहने के कुछ तो फायदा होता ही है। सुबह के समय खिड़कियां खोल दो तो हवा भी बेखटके भीतर आ कर परदे हिला जाती है। घर में किसी के होने का एहसास सा होता है।

व्हाटस्ऐप पर विडियो कॉल पर समीर से हर शनिवार और इतवार की रात को बात होती थी। वैभव सुबह के समय फोन किया करता था। शुरू से ही आलोक और सुमित्रा की एक ख्वाहिश थी कि दोनों बेटे विदेश में सेटेल हों। आलोक जीवन बीमा में थे और सुचित्रा सरकारी स्कूल में गणित की अध्यापिका। दोनो ने बच्चों की परवरिश पर पूरा ध्यान दिया। यही कारण था कि समीर इनफोसिस में एक उंचे पद पर था ओर वैभव ने आलोक के नाम पर इटली और स्पेन के अलग-अलग शहरों में एक भारतीय फूड चेन चला रखी थी। जब वैभव ने मेडरिड में रहने वाली विदेशी लड़की से शादी की बात बताई तो सुचित्रा की सहेलियों ने उसके खूब कान भरे थे फ़िरंगी बहू उड़ा कर ले गई वैभव को। मज़ा तो तब आया जब विदेशी दुल्हन साड़ी पहने, मेंहदी, चूड़ी, महावर और सिंदूर लगाये फेरे लेती दिखाई दी, और फेरों के बाद सुचित्रा के पाँव छू कर आशीर्वाद लेने झुक गई। यूं तो समीर भी शादी के पहले से ही विदेश में सेटल था पर उसकी शादी तो आलोक और सुचित्रा ने ही देखभाल कर की थी। गर्व से छाती चौड़ी और सर उंचा हो गया था। अलोक के दोस्त भी चाहे कहें कुछ नहीं पर मन ही मन ईर्ष्या तो करते ही थे। बच्चे विदेश में रह कर बदल जाएं तो लोगों को कुछ सुकून भी मिलता पर यहां तो दोनों बच्चे और बहुंए संस्कारी और परवाह करने वाले थे। हर छुट्टियों में घर आना। त्यौहारों पर उपहार भेजना और हर इतवार फोन पर हालचाल पूछना... इससे ज्यादा भला कोई मां बाप क्या उम्मीद कर सकते हैं।

अब तो उनके बच्चों के भी बच्चे हो गए। परिवार बड़ा और समृद्ध हो गया। आलोक और सुचित्रा की गाड़ी भी अच्छी ही चल रही थी। सुचित्रा की रिटायरमेंट के बाद अक्सर दोनो बेटों के यहां चले जाते। अटक तो बस यही थी कि बहू काम पर चली जाती और बच्चों की अंग्रेजी सुचित्रा और आलोक भी भारतीय अंग्रेज़ी से कभी मैच नहीं हो पाती। वहां रह कर अपने देश के लोगों से फोन पर भी बात करना मुश्किल था। वहां दिन तो यहां रात। चार महीनों का प्लान बना कर जाते, दो महीनों में लौट आते। क्या करें विदेशी धरती पर मन ही नहीं लगा। अब इसमें दिल का या किसी का क्या कुसूर...

घूंट भरते ही दूध के ठंडेपन ने बता दिया था कि वो कितनी देर से सोच के समंदर में डूब उतर रही थी। एक मन हुआ कि जा कर एक बार माइक्रोवेव में घुमा दे दूध के गिलास को, पर आलस हावी हो गया था। फिर सर्दी के मौसम में किसका मन होता है कि वो रजाई से बाहर निकले। बस पेट में उड़ेल लिया दूध को और फिर पानी की बोतल में से एक घूंट भर कर निगल लिया।

तकिये पर सर टिकाए नींद के इंतज़ार में आंखे बंद तो कई बार की, पर यादों की बारात थी की धूम उन्हें बार-बार आँखें खोले जा रही थी। आलोक का जाना सबको झकझोर गया था। समीर और वैभव दोनों ही जिद कर रहे थे कि सुचित्रा उनमें से किसी के भी साथ चल लें। अब यहां क्या रहना और किसलिए रहना। चाहे तो कुछ समय समीर के साथ तो कुछ समय वैभव के साथ गुजार लें। लेकिन परदेस में अपनों के बीच का अकेलापन खलता ज्यादा है। यहां कम से कम आस पास या फिर रिश्तेदारों के साथ बोलना-बैठना और कहना-सुनना तो है। पंद्रह दिन रह कर समीर और वैभव वापस चले गए। आखिर कितने दिन रूकते। उनके घोसलों की शाखें परदेसी जो थीं।

सुबह-सुबह वैभव के फोन से ही आंख खुली। मन खुश हो जाता था जब बच्चों के फोन आते थे। काम वाली बाई के आने तक अक्सर वैभव कोशिश करता की मां से बात होती रहे। उस

रोज दुलारी के आने से पहले ही उसे फोन रखना पड़ा था। बेटी के स्कूल का कुछ काम था जिसमें वो उसकी मदद चाह रहा था।

अरे तू ज़रा देर से आई। अभी वैभव ने फोन रखा है।

हां वो बावन नंबर वाली आंटी ने बाजरे की बोरी दी थी। पिंटू बोला आप भारी सामान मत उठाना मैं साथ चलता हूं। बस उसकी वजह से देर हो गई। वो साइकिल से छोड़ने आया था।

अच्छा! पिंटू छोड़ गया। पिंटू दुलारी का बड़ा बेटा था।

जी आंटी। भैया ने फोन जल्दी रख दिया? दुलारी झटपट अपना सामान रखते हुए पूछने लगी।

बस अभी रखा है, आज बेटी के स्कूल का कुछ काम करवाना था सो जल्दी रख दिया। बड़ी चिन्ता करता है। सोच... लगभग रोज ही फोन कर लेता है।

हां आंटी... और दूर रह कर तो फोन पर ही हाल चाल पूछ कर तसल्ली की जा सकती है।

हां दोनो बेटे विदेश में सेटिल्ड हैं। हमारे पूरे खानदान में किसी के बच्चे की बाहर जॉब नहीं लगी। समीर और वैभव के बच्चे तो ऐसी अंग्रेजी बोलते हैं कि अंग्रेज शर्मा जाएं। सुचित्रा की आवाज़ में संतोष के साथ-साथ दर्प भी था।

सभी वहीं पैदा हुए हैं ना...? फ्रिज में से दूध निकाल कर दुलारी ने स्लैब पर रख दिया था।

हां हां सबके पास वहां की नागरिकता है। समीर तो शादी के लिए इंडिया आया था, फिर बहू का पासपोर्ट बनवाया और तब कहीं छः महीने बात वंदना वहां जा पाई थी।

आंटी आप तो अपने बेटे के पास ही रहो तो अच्छा है। दुलारी चाय का पानी चढ़ाते हुए बोली। आपके बच्चे भी चैन से रहेंगे और आप भी।

हां वो तो दोनो बुलाते ही है। मैं ही नहीं जाती। क्या कहूं अपना देश अपना ही होता है, और अपने घर की टूटी खाट पर भी एक अलग सा सुकून होता है, अपने लोग... अपनी बातें।

समय की चरखी ने ठहरना कब सीखा है। चलते चलते दो वर्ष का सूत कात आई। दूलारी का बेटा काम पर लग गया था और अक्सर दुलारी को काम न करने की सलाह देता था। पर दुलारी ने सुचित्रा के एहसानों को कभी भुलाया नहीं और सिर्फ सुचित्रा को छोड़ कर बाकी सभी घरों का काम छोड़ दिया। सुबह काम पर जाते समय पिंटू उसे साइकिल पर छोड़ जाता और शाम ढलते साइकिल पर बैठा कर ले जाता। दुलारी पिंटू के लिए एक दुल्हन देख ली थी। जिस दिन उसकी सगाई थी दुलारी ने उस दिन की छुट्टी कर ली थी। एक दिन बाद जब वो आई तो दरवाजा खटखटाने पर खुला नहीं। बड़ी देर तक मोबाइल बजाती रही जिसकी आवाज उसे घर के भीतर से ही सुनाई दे रही थी। चिन्ता ये कि आंटी फोन क्यों नहीं उठा रहीं। मन में बुरे बुरे ख्याल आने लगे, तो उसने पड़ोस वाले घर में बात की। आनन फानन में पुलिस को फोन किया और उन्होंने आ कर दरवाजा तोड़ा तो देखा सुचित्रा अपने कमरे में बेड के पास बेहोश पड़ी है। मोबाइल फोन में वैभव के कितने मिस कॉल पड़े हैं। पड़ोसी उन्हें अस्पताल ले गए और वैभव और समीर को फोन कर स्थिति से अवगत करवाया गया।

सुचित्रा रात में सो कर उठते हुए शायद वो सामने रखी मेज से टकरा कर बेहोश हो गई थी। वैभव की पत्नी की तबीयत खराब थी और समीर को छुट्टी नहीं मिल सकी। दोनों बेटे बस छटपटा कर रह गए। भला हो पड़ोसियों का जो उन्होंने मदद भी की और ध्यान भी रखा।

अचानक सारी सिचुयेशन बदल गई। दोनों ही बच्चे अब उन्हें यहां अकेले छोड़ने को तैयार न थे। व्हाटस्ऐप पर विडियो कान्फ्रेन्स काल पर बात करते हुए दोनों की बहस होती रहती। उस दिन भी सुचित्रा जब बाथरूम में थी तो वैभव का फोन आया। दुलारी ने ही फोन उठाया।

भैया आंटी की दवा खत्म हो गई थी और ये नई शीशी लाना भूल गई थी। दुलारी ने भेद खोला। तभी शायद चक्कर आ गया। अच्छा कहो की कुछ टूटा-फूटा हीं।

टूट-फूट जाता और दिक्कत होती।

खास कर तुमको दिक़्क़त होती। और फिर ये तुमको बता देतीं तो तुम भी तो ला कर दे देतीं.... वैभव उसके बोलने के अंदाज़ पर हंस दिया था।

बिलकुल ला देती। अभी भी तो घर का सामान जब मंगवाती हैं तो ला कर दे ही देती हूं। पर कभी-कभी देर भी हो जाती है। सामान ज्यादा हो तो बेटे की छुट्टी का इंतजार करना पड़ता है।

ठीक कहा। चलो मम्मा आएं तो बात करने को कहना। अभी तो मैं जाग ही रहा हूं।

अच्छा भैया। मैं फोन करवा दुंगी।

फोन कट गया मगर वैभव के दिमाग में बस यही घूम रहा था कि मम्मा की जिद्द कितनी नाजायज है। उसने फिर समीर को फोन लगाया। दोनों भाई काफी देर तक माथा पच्ची करते रहे। आखिर सुचित्रा के फोन ने दोनों की डिस्कशन को विराम दिया और तीनों के बीच एक नए सिरे से वही बहस शुरू हो गई।

मुद्दा वहीं... आपको अकेले नहीं रहना चाहिए।

कोई किराएदार ही रख लो... समीर ने सुझाया।

अच्छा रोज की किच-किच मेरे बस की नही है। सुचित्रा ने सीधा जवाब सुना दिया।

फिर कोई चौबीस घंटे की बाई रख लो... वैभव बोला

क्यों दुलारी है तो... इससे अच्छी और भरोसे वाली कोई हो ही नहीं सकती।

तो दुलारी को ही दिन रात के लिए रख लो... समीर भी दुलारी के काम से खुश था और वो वाकई भरोसेमंद थी भी।

अच्छा वो तुम्हारी मां के लिए अपना घर बार छोड़ दे... उसका भी तो परिवार है।

आखिर बिना नतीजे के बहस समाप्त हो गई।

रात को बिस्तर पर करवटें बदलते हुए सुचित्रा यहीं सोच रही थी कि वो कितनी खुशनसीब है कि आज के ज़माने में इतनी दूर बसे बच्चों में उसकी कितनी चिन्ता है। अपनी परवरिश और संस्कारों पर गर्व हो रहा था। अकेलापन इस गर्व के सामने गौड़ हो गया था।

अगले दो हफ़्ते बड़ी उठापटक में बीते। समीर और वैभव ने पूरे घर में कैमरे लगवा दिए। मम्मा पर पूरी नज़र रखने के लिए। घर का सामान मंगवाने के लिए ऑनलाइन व्यवस्था कर दी। बस उन्हें फोन पर घर की खत्म हुई चीजों की लिस्ट बतानी होती और हर चीज की डिलिवरी उनके पास पहुंच जाती। ऑनलाइन हेल्थ चेकअप, कन्सलटेशन और दवाओं की डिलिवरी बिना किसी झिकझिक।

दुलारी भी इस टेकनिकल परिवार के देख कर अचम्भे में डूब गई।

आलोक तुम्हारे बच्चे बिलकुल तुम पर ही गए हैं। आलोक की तस्वीर देखते हुए सुचित्रा मुस्कुरा दी। बच्चे दूर थे पर दूरी कहां थी।

होती है जब भी हसरत

तुम्हें देखने की

मैं ओढ़ा देती हूँ

आँखों को

पलकों की चादर

कहानी ४

अकेलापन

कल यहीं तो बैठी थी। अपने अगले दांतों से सैन्डविच के करारे किनारे कुतरती हुई। माधवी अक्सर उसे टोका करती थी। क्या किर-किर की आवाज करते हुए सैन्डविच कुतरती हो। लगता है जैसे लड़की नहीं चुहिया पैदा की हो और वो बत्तीसी दिखा देती। बच्चे कितनी जल्दी बड़े हो जाते हैं। किंकिनी! उसकी लाडली। अनुराग के जाने के बाद माधवी की जिन्दगी का एक वही तो सहारा थी। पूरा एक महीना हो गया उसे गए। दुबई की एक युनिवर्सिटी में प्रोफेसर का पद पर नियुक्ति हुई तो समझ नहीं आ रहा था कि खुश होना चाहिए या दुखी। लगता है जैसे कल ही की बात हो। माधवी शुरू से ही पढाई लिखाई में बहुत अच्छी थी। कमी ढूंढने जाउं तो शायद एक भी न मिले। गाती इतना अच्छा थी कि सब कहते थे कि इसे तो शास्त्रीय संगीत सिखाओ। गले में सरस्वती का वास है। आज भी घर के बैठक में कितनी ही सम्मान और स्मृति चिन्ह सजे हुए हैं। लगता है जैसे अभी-अभी सजा कर रख कर गई हो। कल ही तो उसके कमरे की खिड़की की जाली पर बैठे कबूतर के पंख फड़फड़ाने की आवाज से ऐसा लगा जैसे वो हमेशा की तरह कमरे में उठा पटक कर रही हो।

माधवी दिल्ली पब्लिक लाइब्रेरी की मेन ब्रांच के एडमिनस्ट्रेशन में काम करती थी और अभी रिटायरमेंट को तीन साल बाकी थे। किंकिनी अपनी पढ़ाई पूरी करने के बाद औरों को पढ़ाने दुबई चल दी। मगर माधवी उसके आस-पास होने के एहसास को आज भी जी रही थी।

ऐसा तो था नहीं कि मैं जानती नहीं थीं कि ज़िंदगी में एक समय ऐसा आएगा जब किंकिनी शादी के बाद अपने घर चली

जाएगी और मुझे अकेले समय काटना होगा। फिर आज इस बात की तकलीफ क्यों हो रही थी। उस दिन शाम को ऑफिस में अपने कुलीग पांडे जी के साथ चाय आर्डर करने के बाद कैंटीन में बैठी माधवी अनायास ही बोल पड़ी।

असली समझ तब ही आती है जब सर पर पड़ती है। पांडे जी बोले। उनके बच्चे अभी छोटे थे। दस बारह साल ही तो हुए थे उनकी शादी को।

समझ ही नहीं आता कि जिन्दगी कैसे कटेगी? पता नहीं है कितनी लंबी? माधवी ने घूम कर कैन्टिीन काउन्टर पर खड़े बाबूराम की ओर देखते हुए कहा। जो पिछले पंद्रह मिनट से चाय अभी आती है की तसल्ली दे रहा था।

आप तो कुछ ज्यादा ही सोचते हो मैडम... पांडे जी शायद उम्र के इस पड़ाव की तनहाई की तासीर को समझ पाने की मनःस्थिति के आस-पास भी नहीं थे।

सच है समझता वही है जो भोगता है। पांडे जी क्या समझेंगे। माधवी मन ही मन सोच रही थी।

इधर बाबूराम ने चाय मेज पर रखी उधर कैन्टीन के गेट से अमीता अंदर आती हुई दिखाई दी। सधी हुई चाल और परफेक्ट साड़ी में लिपटी एक चिपरिचित मुस्कान लिए। ब्लाउज़ की बांह में फंसा रूमाल उनकी रूमाल रखने की अदा को सबसे अलग कर देता है।

आप की चाय तो आ गई अब मुझे बाबू राम की चाय के लिए बीस मिनट इंतज़ार करना पड़ेगा। अमीता माधवी की खिसक कर बनाई जगह पर बैठते हुए बोली।

अरे! क्यों भला। हम इसी को टू बाई थ्री कर लेंगे ना। पांडे बाबू राम को एक और कप लाने का इशारा करते हुए बोले।

आप अपनी चाय क्यों कम करोगे। वैसे भी बाबू राम के प्याले में चाय पूरी भरी कहां होती है। अमीता अपना मोबाइल फोन मेज पर रखते हुए बोली।

पर आज तो प्याले पूरे भरे हैं अमीता जी। आराम से टू बाई थ्री हो जाएगा। अब तक माधवी बाबूराम के हाथ से प्याला ले चुकी थी।

इस समय कैन्टीन मे सबसे ज्यादा भीड़ होती है। तो आर्डर पहुंचाने में देर लग ही जाती है उसे। पांडे जी ने अपना प्याला उठा कर माधवी को पकड़ाया।

सो तो है। माधवी ने एक प्याले से दूसरे प्याले में चाय पलटते हुए कहा।

हम ज़िंदगी में कितना एडजस्ट करते हैं। अमीता ने दो से तीन हो चुके चाय के प्यालों में से एक प्याला उठाते हुए कहा।

हां! करते तो हैं। माधवी ने एक लंबी सांस छोड़ी, वो फिर से अपने अकेलेपन के मकड़जाल के मुहाने पर पहुंचने को थीं।

माधवी का एक लंबी सांस छोड़ते हुए बोलना कहीं अमीता को छू गया। अपनी दो बेटों की शादी कर चुकीं अमीता इसी साल रिटायर होने वाली थीं। दो-दो बहुएं थीं। एक पोती थी और अभी उनकी खुद की सास का साया उनके सर पर बना हुआ था।

कुछ परेशान लग रही हो माधवी। उन्होंने चाय का घूंट भरने के बाद कप को तसल्ली से रखते हुए पूछा।

अरे अमीता जी माधवी मैडम सोचती बहुत है। अपनी बिटिया के विदेश जाने पर खुश होने की बजाए दुखी हो रही हैं। अब बताओ आपके बच्चे भी तो दूर शहरों में रहते हैं। आप तो नहीं दिखते इनके जितने परेशान।

सही कहा पांडे जी। ये तो हम पर निर्भर करता है कि हम कैसे रहते हैं। कुछ लोग भीड़ में भी अकेले होतें हैं तो कुछ अकेले हो कर भी अकेले नहीं होते। अमीता ने चाय का अगला घूंट भरने के लिए कप फिर से उठा लिया था।

माधवी ने अमीता की ओर देखा और बोली। एक महीना हो गया किंकिनी को गए। ऑफिस से लौटने के बाद घर का दरवाजा खोलो तो अकेलापन भी साथ-साथ घर में भीतर चला आता है।

खाली कमरे काटने को आते हैं। खाना बनाना भी भारी लगता है। एक आदमी के लिए कितना ही कम बनाओ बच ही जाता है। समझ नहीं आता जिन्दगी कैसे कटेगी? माधवी जैसे अपनी रौ में बही चली जा रही थी।

दो बटा तीन हुई तुम्हारी चाय तो बिलकुल ठंडी हो गई। उस की तह पर सांवली सी मलाई तैर आई थी। मैं बाबूराम से कहती हूं कि एक कड़क सी चाय जल्दी से ला दे। अमीता माधवी की ठंडी हो चुकी चाय की ओर देखती हुई बोली। माधवी चाय का घूंट भरना भूल गई थी।

आप रूकिए मैं जा कर कहता हूं। इससे पहले कि कोई उन्हें रोक पाता पांडे जी कुर्सी पीछे खिसका बाबूराम के काउंटर की ओर चले गए।

पांडे जी भी बेवजह परेशान हो रहे हैं। माधवी उनको जाते हुए देखते हुए बोली।

बस कुछ ही देर बाद मेज पर तीन खाली प्यालों के साथ एक आधा-भरा हुआ कप रखा था। दो बटा तीन करने की प्रक्रिया में कुछ बूंदे चाय की मेज पर गिरी भी गई थीं।

मुझे लगता है कि तुम्हें वाकई एक गर्म चाय की जरूरत भी है। अमीता बोली। माधवी ने अमीता की आंखों में देखा तो वहाँ आत्मीयता का समंदर हिलोरें ले रहा था। शायद भावनाओं का आवेग था कि माधवी की आंखें छलक गई। जिन्हें चश्मा ठीक करने के बहाने माधवी ने करीने से पोंछ दिया। पर इतने बरसों साथ काम करते करते एक अपनेपन का रिश्ता तो बन ही जाता है। अमीता ने भी माधवी आंखों से नमी छिपाने की चेष्टा का पूरा साथ दिया। कभी कभी आंसुओं को न देखना भी तकलीफ कम कर देता है।

ये लीजिए गर्मा गर्म चाय। पांडे जी खुद ही तीन प्याले चाय मेज पर रखते हुए बोले। पिछली चाय थी भी ठंडी और बंटवारे ने उसे और पानी कर दिया था।

तभी तो मैं तुरंत ही गटक गई थी। अमीता ने गरमागरम चाय का प्याला माधवी के सामने रखते हुए कहा।

मैडम गर्म चाय की गर्महाट में अपनी सारी परेशानियां गटक जाओ। पांडे जी अपनी चाय की तीखी गर्माहट को हाथों से जांचते हुए बोले।

माधवी! कुछ बातों को हम बदल नहीं सकते। तो क्यों न उसे में जीने के नए तरीके ढूंढ लें। अनुराग के जाने के बाद तुमने किंकिनी को ही अपनी दुनिया बना लिया। एक बार अपने आपको और अपनी दुनिया को फिर से ढूंढ कर तो देखो। खुद खोजो... और अपने आप को खुश और सुखी करने के लिए जिओ।

माधवी सुन रही थी। पांडे जी चुप थे। माधवी की आंख से बही एक बूंद उसके प्याले में टपक गई।

जिन्दगी पानी सी बना लो तभी जी जाती है। जिस बर्तन में डाला गया वैसे ही ढल गए। वर्ना बर्फ भी तोड़ कर ही गिलासों में भरी जाती है।

बाबूराम एक प्याला और देना। सामने से उनके जूनियर मधुर को आते देख कर पांडे जी वहीं से बैठे बैठे बाबूराम से बोले।

चाय एक बार फिर बंट गई और अकेलापन भी बंट कर छंट गया था।

बस दो बोल अपनों से

एक छुअन कुछ अपनी सी

लगती है जैसे किसी ने

घाव पर मरहम रखा हो।

कहानी ५

रास्ता

पोर्च में आ कर रूकती गाड़ी की आवाज़ से ही भार्गव जी को पता चल जाता था कि उदय घर आ गया है। फिर गाड़ी का दरवाज़ा बंद होने की आवाज़ कुछ ही पलों बाद जाली का दरवाज़ा और फिर लकड़ी का भारी दरवाज़ा खुलने की आवाज़। गेट पर सिक्योरिटी गार्ड होने की वजह से दिन के समय घर के दरवाज़े बंद नहीं होते। उसके जूतों की आवाज़ बाहर के दरवाजे से ड्राइंग रूम और फिर गैलरी पार के उनके कमरे के सामने से हो कर अंदर उसके कमरे तक जाती है। फिर एक दरवाज़ा खुलता है और फिर बंद हो जाता है। भार्गव जी के लिए एक बार फिर से सन्नाटा पसर जाता। कुछ देर बाद एक हल्की सी फुसफुसाहट उस सन्नाटे को तोड़ती जो उदय के आने के बाद उससे जुड़े कामों को ले कर होती। जैसे उदय सर की काली चाय जिसे वो ऑफिस से आने के बाद अक्सर अपने कमरे में ही लेता है। और करीब पैंतीस-चालिस मिनट बाद उसके पांवों की आहट उसके कमरे से निकल कर भागर्व जी के कमरे के पास से गुज़रती हुई स्टडी की ओर जाती। स्टडी से जुड़ा हुआ ही उसका जिम भी है। रम्या के आने तक उदय की जिमिंग और ऑफिस का काम वहीं से चलता है। रम्या! उदय की पत्नी और उनकी बहू अक्सर देर से घर आती है। पर अपने साथ पूरे घर में एक रौनक लिए आती है। पापा मम्मी कहां है? उन्होंने शाम की चाय के बाद और डिनर से पहले वाली दवा ली की नहीं? उनका हल्का नमक और लो प्रोटीन खाना तैयार है की नहीं। उदय ने काली चाय के साथ कुछ लिया या नहीं?

भार्गव जी ने अपने बेटे के विदेश से एम बी ए करने के बाद लौटने के दो साल बाद ही अपने विशाल बिज़नेस साम्राज्य से हाथ खींच लिया था। उदय एक अच्छा और समझदार उत्तराधिकारी

साबित हुआ था। उसकी पत्नी रम्या अपने पति से दो कदम आगे ही थी। बिज़नेस के साथ-साथ घर परिवार को भी बड़ी अच्छी तरह संभाला हुआ था। यूं तो घर पर नौकरों की एक फौज थी पर उसे निर्देश देना भी तो ज़रूरी है। उनकी दोनों पोतियां एक अच्छे हॉस्टल में पढ़ रहीं थी। आखिर उनके दादा और पापा का फैलाया इतना बड़ा बिज़नेस कैसे संभलेगा।

सुबह अपनी बाल्कनी में उगते सूरज का स्वागत करते भार्गव जी अपनी पत्नी निर्मला के साथ फीकी चाय में भी प्रेम और सम्मान की मिठास का स्वाद ले रहे थे। भार्गव जी की जिन्दगी सुख समृद्धि से परिपूर्ण थी। शिकायत करने जैसी कोई चीज़ थी नहीं सिवाए इसके कि डायबिटीज की वजह से पांवों में संवेदना कुछ घटती जा रही थी। इलाज चल रहा था पर फर्क कुछ खास महसूस नहीं हो रहा था। निर्मला से भी वो अपनी परेशानियां कम ही शेयर किया करते थे। निर्मला बहुत ज्यादा ही इमोशनल थीं। पूजा पाठ के अलावा आश्रमों में जा कर दान पुण्य करते रहना उसकी पुरानी आदत थी। यूं तो कोई किटी भी उनके बिना संभव नहीं थी। अपने कार्यकाल में जितना भार्गव जी व्यस्त थे उसी के हिसाब से निर्मला ने भी अपने आप को कई कामों से जोड़ लिया था। घर पर खाली बैठना उन्हें भी कहां पसंद था। शायद इसीलिए समय का आभाव तो उनके पास हमेशा ही रहा। भार्गव जी के बिज़नेस से सन्यास लेने के बाद भी निर्मला जी के रूटीन पर कोई खास फर्क नहीं पड़ा। हां सुबह की चाय और रात का खाना पूरे परिवार ने हमेशा साथ बैठ कर ही खाया।

परिस्थितियां ऐसी कि सब कुछ ठीक होते हुए भी वो अजीब से अकेलेपन का शिकार हो रहे थे, जिसका उन्हें एहसास तो था पर वो इसे बयां नहीं कर पा रहे थे। उपर-उपर से सब ठीक लग रहा था, पर इस अकेलेपन की उथलपुथल उन्हें बेचैन कर रही थीं। अपार धन-संपत्ति, ऐशो-आराम, एक अच्छी सुघड़, प्रेम करने वाली पत्नी और माता पिता का सम्मान करने वाले बेटा पतोहू के होते हुए भी कुछ कमी थी जो भार्गव जी को खल रही थी।

उनका दिमाग ऐसा था जिसमें धूल को भी सोना बनाने की तकनीकें घूमती थी पर अब इस समय वो कुछ समझ नहीं पा रहे थे। आखिर करें भी तो क्या?

व्यायाम किया करो... वो भी कम से कम एक एक घंटा। फैमिली डाक्टर और बचपन के दोस्त डा0 बन्धोपाध्याय ने रूटीन चेकअप के बाद ग्रीन टी का एक सिप लेते हुए भार्गव जी कहा।

तुम यार सही मज़ाक करते हो, डाक्टर... पांव में कुछ महसूस नहीं होता और तुम व्यायाम की बात करते हो...

वही तो कह रहा हूं। रोज करोगे तो ब्लड सर्कुलेशन बनेगा। कोविड के दिनों में घर की चारदिवारी में रह कर, तुमने व्यायाम तक नहीं किया, तुमने अपनी परेशानी ख़ुद ही बढ़ाई है। आलस की भी एक हद होती है। अपने लॉन में तो घूम फिर सकते थे। उदय ने तुमको बिलकुल आज़ाद छोड़ दिया और तुमने भी इसका खूब फायदा उठाया।

कह लो जो कहना है... अब तो हो गया जो होना था। भार्गव जी की आवाज़ में निराशा की उदासी भरी हुई थी। इतना व्यस्त जीवन बिताने वाले भार्गव जी जिनके साथ कदम से कदम मिला कर चलने को दुनिया तैयार रहती थी उनका खुद का शरीर उनका साथ देने को तैयार नहीं था।

उम्र के इस पड़ाव पर जब शरीर साथ छोड़ता है तो समझ के दरवाज़े बंद से हो जाते हैं।

पर बंद दरवाज़ों में से रास्ते निकालना तो सबसे बड़ा हुनर है तुम्हारा भार्गव। डा0 बन्धोपाध्याय ने जैसे उन्हें झकझोरते हुए कहा। किताबें उठाओ या फिर लैपटॉप उठाओ और एक बार फिर दुनिया से जुड़ कर देखो तो सही। उम्र को ओढ़ो मत, इस्तेमाल करो। जीना ख़ुशगवार हो जाएगा।

बंधु के जाने के बाद काफ़ी देर तक भार्गव जी अनमने से रहे, फिर बड़े दिनों बाद अपना लैपटॉप निकाला और ले कर बैठ गए।

शुरुआत में उँगलियों की रफ़्तार कुछ धीमी थी फिर कुछ देर बाद वैसे ही चलने लगीं जैसे पहले चला करती थीं। निर्मला भी जब देखतीं तो लैपटॉप में घुसा हुआ पाती।

अरे! कोई सीरीज़ देख रहे हो तो उसे टी वी पर देख लो ना। लैपटॉप पर क्या ही मज़ा आएगा। नज़रे गड़ाए एकाग्रता से स्क्रीन को ताकते देख निर्मला अक्सर कहतीं।

नहीं मैं ठीक हूं.... भार्गव जी निर्मला के सामने लैपटॉप की स्क्रीन बंद कर देते।

ज़रूर मार-धाड़, खून खराबा देख रहे होंगे। ब्लडप्रेशर मत बढ़ाओ अपना। कुछ कॉमेडी देखो... अपने व्यस्त शेड्यूल में से कुछ पल निकाल कर निर्मला उन्हें ज्ञान पिलाती।

तुम जा कर अपने काम देखो... कंबल बांटो... खाना खिलाओ या महिला समितियों की बैठकें निपटाओ...

तुम भी चलो मेरे साथ... अच्छा लगेगा तुम्हें भी...

मुझे ऐसे भी अच्छा लगता है। भार्गव जी भी भला अपनी पति सत्ता कैसे छोड़ सकते थे। सहयोग करना तो सीखा था उन्होंने, पर सहयोग लेना.... थोड़ा मुश्किल था...

सोच की सवारी शुरू की और एक के बाद एक विकल्पों के पड़ाव पार करने लगे। कहां तो अपने आप को व्यस्त रखने के रास्ते ही नहीं थे तो कहां इतने विकल्प दिखाई देने लगे। अब चुनौती ये थी कि किया क्या जाए।

सिचुएशन कैसी भी हो याद तो बचपन के दोस्त ही आते हैं। बस एक ज़ूम कॉन्फ्रेन्स शुरू हो गई। मुद्दा था खुद को नॉन कमर्शियली, सोश्यली प्रोडक्टिव रूप से बिजी रखना, जिसमें कोई मानसिक स्ट्रेस न आए। कोई टारगेट न हो। सहज सादा सरल व्यस्त रहने का तरीका।

कुछ प्याले ग्रीन टी के और कुछ हल्दी वाली चाय के खाली करने के बाद जब भार्गव जी ने अपना लैपटॉप बंद किया तो उनके चेहरे पर मुस्कान खेल रही थी।

बस अगले कुछ दिनों में उन्होंने डायबिटिक केयर के जागरूकता प्रोग्राम का खाका तैयार कर लिया था। कुछ ऑनलाइन तो कुछ ऑन ग्राउण्ड। पूरे दिन का प्लान जिसमें आनॅलाइन व्यायाम और बचाव से जुड़ी बातों के सेशन थे। सब कुछ फ्री होने की वजह से इतने लोग साथ जुड़ गए कि भार्गव जी का एक नया मिशन शुरू हो गया। उन्होंने कुछ ऐसे पुराने साथी अपने साथ जोड़े जो भुक्तभोगी थे। डायबिटीज़ में लापरवाही कितनी नुक्सानदेह हो सकती है जानते थे।

रास्ता मिल गया था। लोग चल भी रहे थे और फलीभूत भी हो रहे थे। लोगों से बात करते हुए जहां वो खुद अपने मधुमेह का प्रबंधन कर रहे थे वहीं कितने लोगों की जिन्दगी को आने वाले संकट से बचा रहे थे।

एक माह बाद जब मासिक जांच के लिए डा0 बंधोपाध्याय भार्गव जी से मिले तो उनकी खुद की रिपोर्ट बेहतर थी। मन से प्रसन्न व्यक्ति किसी भी परेशनी को दूर कर सकता है। आत्मिक संतोष कई बीमारियों की दवा है।

सोच हो सही तो रास्ते हैं कई। उस दिन हल्दी वाली चाय का घूंट भरते हुए भार्गव जी ने मुस्कुराते हुए डा0 बंधोपाध्याय से कहा। दोनो दोस्तों के चेहरों पर मुस्कान बिखरी हुई थी।

ठहरा हुआ पानी महक जाता है कुछ दिन में

निरंतरता बनाने को वहाँ कल कल ज़रूरी है

ऊब कर उम्र भी जम्हाइयाँ लेने लगी हो तो

दोस्तों की गर्म जोशी और हलचल ज़रूरी है

कहानी ६

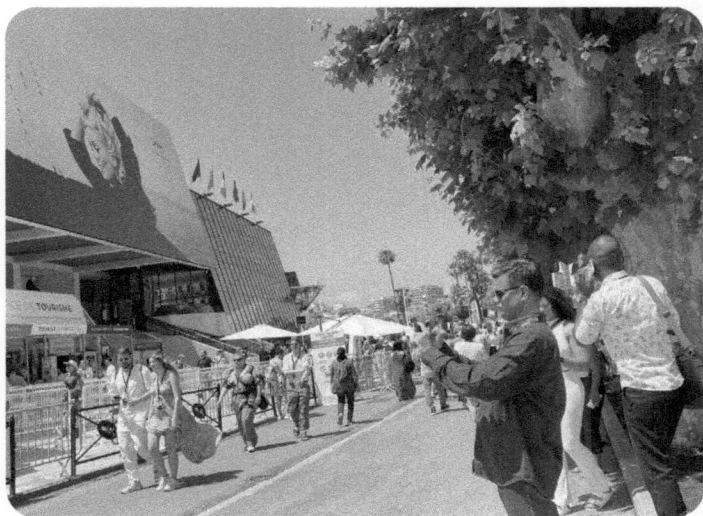

जीना

ममता ने सर पर हाथ रखा और सफर पर जाने से पहले दी जाने वाली सारी आसीसें मीतू की झोली में डाल दीं। ये सत्तरह दिन कैसे कटेंगे ये चिन्ता ममता और विशेष के साथ-साथ मीतू को भी खाए जा रही थी। लम्बा सफर था और दूर रह कर काफ़ी दिन बिताने थे। यूं तो परिवार के बाकी लोग भी थे ममता और विशेष का ध्यान रखने के लिए मगर मीतू कुछ ज्यादा ही लाडली थी अपने मम्मी पापा की। ममता भी उपर-उपर से तो यही दिखा रहीं थी कि सब ठीक रहेगा पर मन ही मन दोनों परेशान ही थे। वैसे मीतू के पापा विशेष ने हमेशा यही कहा कि चिन्ता की कोई बात नहीं पर चिन्ता कहां मना करने से मान जाती है।

पापा मेरे जाने के बाद अब रिमोट पूरी तरह से आपके पास रहेगा। आप अपनी पसंद के प्रोग्राम देखिएगा। कुछ पुरानी फिल्में देखिएगा। आपको मेरी याद बिलकुल नहीं आएगी। मीतू के ऑफिस से आने के बाद अक्सर रिमोट पर उसी का कब्ज़ा जो रहता था। बाकी दिन भर तो घर पर कोई न कोई भक्ति का चैनल ही लगा रहता था।

अब तुम्हारे जाने के बाद वो स्पोर्टस् चैनल रोएगा। मैं तो उसे देखने वाला नहीं।

कुछ मजेदार देखिएगा। कॉमेडी... या फिर हल्की फुल्की अपने टाइम की फिल्में...

अच्छा तुम जाओ और अपना ख्याल रखना... विशेष ने एक बार फिर गले लगाते हुए मीतू से कहा।

मुझे पता है आप पूरा दिन रामायण, या सुंदरकांड ही देखते रहेगें। मीतू रिरियाई।

अरे अब इस उम्र में क्या छमक-छल्लो देखुंगा... पापा ने मीतू के रिरियाने की नकल उतारते हुए कहा।

पापा पर आप जितना खुश रहेंगे उतना आपकी सेहत अच्छी रहेगी। मीतू ने फिर से अपनी बात रखी। पता है हसंना सेहत के लिए कितना अच्छा होता है। बाबा रामदेव भी कहते हैं।

अच्छा अब तुम बाबा रामदेव की प्रचारक न बनो और जाने की सोचो। हमें तो बस तुम्हारा ही खयाल आता रहेगा।

जी पापा! आप मेरी बिलकुल चिन्ता न करें। मैं रोज फोन किया करूंगी।

विडियो कॉल करना... पापा ने आर्डर कर दिया।

पापा बस आप अपना ध्यान रखिएगा। मीतू का दिल तो जैसे हलक में अटका हुआ था।

यहां की बिलकुल चिन्ता मत करना। ममता ने हिम्मत दिखाते हुए कहा।

जी मम्मा...

विश्व के जाने माने फिल्म समारोहों में से एक फ्रांस के क़ान फिल्म फेस्टिवल में जाने के उत्साह के साथ-साथ माता पिता को छोड़ने की टीस भी साथ ले कर मीतू अपनी यात्रा पर निकल पड़ी। फ़्रेंकफर्ट से नीस होते हुए क़ान पहुंची तो जैसे एक ऐसा संसार बांहे पसारे खड़ा था जहां हवा में सिनेमा घुला हुआ था। लोग सिनेमा की ही सांसें लेते थे। ये एक अलग सी दुनिया थी। चर्चा का विषय केवल एक 'सिनेमा'।

एक विशाल प्रांगण में दूर-दूर तक समारोह की बिल्डिंग के अलावा सफेद नुकीले तंबू एक कतार में बंधे सर उठाए तने थे। एक के बाद एक देशों के झंडे लहराते दिखाई पड़ रहे थे। इस बार

तो युक्रेन के फिल्म निर्माता निर्देशक भी वहां पहुंचे हुए थे। पहले भी आते होंगे पर अबकी बार उनकी ओर सबका विशेष ध्यान था। कोई फिल्म निर्माता था तो कोई निर्देशक। कोई अभिनेता तो कोई चैनल या फिल्म बाज़ार से जुड़ा हुआ। फिल्में, ऐनिमेशन, एआई और जाने क्या क्या।

प्रांगण के भीतर और बाहर जैसे एक मेला सा लगा हुआ था। विश्व भर से फिल्म समारोह में भाग लेने कितने ही लोग वहां पहुंचे हुए थे। उसी तरह विश्व के कोने-कोने से फिल्में भी वहां दिखाई जा रही थीं। समारोह में आने वालों की संख्या का अनुमान तो किया जा सकता था पर वहां फिल्में देखने वालों की तो गिनती ही नहीं थी। मीतू ये देख कर बौरा सी गई कि फिल्म देखने वालों की भीड़ में बहुत से लोग तख्ती लिए खड़े दिखाई देते। जिस पर फिल्म दिखाने के लिए मदद की मांग होती थी। अच्छे संभ्रात परिवारों के लोग, सुंदर बेशक़ीमती लेटेस्ट कपड़ों और गाउन में सजे लोग और फिल्में देखने को इतने लालायित कि तख़्ती लिए खड़े हैं? इतना भी क्या चस्का या फिर शौक़। पर जब हर रोज़ ऐसे लोंगों की भीड़ नज़र आने लगी तो समझ आ गया कि ये चस्का या शौक़ नहीं फिल्मों का जुनून है। जो लोगों को खींचे लिए आता है।

इस जुनूनी सिनेमाई संमदर के बीच भी मीतू दिन में दो बार अपने मम्मी पापा को फोन करना नहीं भूली। अक्सर फोन पर बात करते हुए बैकग्राउण्ड में हनुमान चालिसा की आवाज सुनाई दे जाती। पूजा भक्ति अच्छी बात है पर उसके बाहर भी तो दुनिया की ख़ुशियाँ और चहल-पहल है। कभी-कभी मन ही मन मीतू इस बात पर चिड़चिड़ा जाती। पर ये सोच कर मन को समझा लेती कि जिसमें उन्हें अच्छा लगे वही सही है। न मालूम किस ने उन्हें ये सुझा दिया कि रिटायरमेंट के बाद मन को पूजा पाठ में ही लगाना चाहिए।

उस दिन शायद काम ज्यादा था या फिर बार-बार बाहर वैन में बिकने वाले बर्गर की याद आ रही थी वो अपनी इस हल्की-फुल्की भूख को शांत करने के लिए अपने पवेलियन से बाहर निकल आई।

रोज की तरह फिल्म देखने वालों की लम्बी कतारें, भीड़ और तख़्ती लिए खड़े लोग। मीतू तो वहां के लोगों के फैशन पर ही फिदा थी। तेज निकल कर वैन तक पहुंचने की कोशिश थी और एक युवा जोड़ा मंथर गति से चला जा रहा था।

एक्सक्युज़ मी.... उसने कहा

शायद उन्होंने सुना नहीं....

मीतू फिर बोली...एक्सक्युज़ मी....

शायद इस बार भी उन्होंने सुना नहीं...

वैसे इसमें कोई दो राय नहीं कि बाहर शोर भी काफी था। हो सकता है आवाज़ कानों में न भी पड़ी हो। मीतू शायद भारत में होती तो धकियाने का सुख उठा लेती पर विदेशी धरती पर उसने भी अन्य भारतीयों की तरह सलीके का जामा पुरज़ोर तरीके से ओढ़ा हुआ था। उन्हीं की गति से उनके पीछे-पीछे चलने लगी। अचानक उसकी नज़र उस युवा जोड़े के आगे चल रहे एक अति वृद्ध युगल पर पड़ी। महिला बैकलेस ड्रेस में से उनकी काया पर उम्र की लकीरें उनके तर्ज़ुबों का बयां कर रही थीं। मीतू ने देखा कि महिला का हाथ उनके साथ चल रहे उनसे भी अधिक जीर्ण काया वाले पुरुष ने बड़े सहेज कर थामा हुआ था। हाथ पर उभरी नसें साफ दिखाई पड़ रही थीं। सफेद रंगत पर उम्र के गहरे चकत्ते से थे। पर हाथ की पकड़ युवाओं की पकड़ से भी मज़बूत थी। पुरुष सूट पहने हुए थे और बो टाई लगाए हुए थे। मीतू अब तक जुगत लगा कर उनकी बाराबरी में चलने लगी। थी। इस अति वृद्ध युगल की छवि में भूख का अहसास कहीं गुम हो चुका था। गेट की एंट्री पर युगल जा कर ठहर गया। पुरुष ने महिला का हाथ छोड़ा और जेब से एंट्री टिकट निकाला। वृद्धा प्रेम से अपने साथी को निहार रही थीं और मीतू उन दोनों को देखने में खो गई थी। थोड़ी देर में वह वृद्ध जोड़ा मीतू की आंखों से ओझल हो गया और उसे अपनी भूख का फिर अहसास हो आया।

स्नैक वैन के सामने कतार में खड़ी मीतू के दिमाग़ में जैसे हलचल मची हुई थी। उसके मम्मी पापा इतने उम्र दराज नहीं थे। पर उन्होंने उम्र को कुछ ज्यादा ही ओढ़ रखा था। और ये युगल आज भी अपने समय को अपने हिसाब से अपनी मस्ती में जी रहा था। काश उसने इस युगल का एक फोटो खींच लिया होता तो वो अपने मम्मी पापा को दिखाती कि पूजा पाठ करना अच्छा है पर ज़िंदगी को पूरी मस्ती के साथ जीना भी किसी पूजा से कम नहीं।

येस मैम! व्हाट कैन आई डू फॉर यू? स्नैक वैन के काउन्टर पर खड़ी महिला मीतू से पूछ रही थी।

मीतू जैसे कहीं दूर से लौटी। कुछ देर काउन्टर पर खड़ी महिला को देखने के बाद अचानक उसे याद आया कि कुछ भूख का अहसास उसे यहां लाया था। कुछ देर में एक बर्गर उसके हाथ में था।

अपने अगले दांतों से बर्गर को कुतरते हुए मीतू की आखों के आगे एक चित्र चल रहा था। उसके मम्मी पापा यूं ही एक दूसरे का हाथ थामें ज़िंदगी का पूरी तरह मज़ा ले रहे हैं। काश ये सच हो जाता।

कई रंग समेटे है हमारी ज़िंदगी

कई इत्र लपेटे है हमारी ज़िंदगी

मर्ज़ी से रंग लो भर लो खुशबुएँ

जी लो ये तुम्हारी है तुम्हारी ज़िंदगी

कहानी ७

तरबियत

बिलाल अहमद की बैठक तक बावर्चीखाने में पक रही बिरयानी और सालन की महक कब्ज़ा जमाए थी। अफशां कल से ही तैयारियों में लगी थी। आखिर अमन अवस्थी जी अपनी पत्नी प्रभाती के साथ रिटायमेंट के बाद पहली बार घर आ रहे थे। बिलाल और अमन अवस्थी का संबंध बरसों पुराना और समन्दर से भी ज्यादा गहरा था। उम्र में भले दो साल का फर्क हो पर दोस्ती जैसे दूध और पानी। बिलाल अहमद चार बेटों और एक बिटिया के भरे पूरे संसार के मालिक थे। सब अपने अपने घरों में सुखी और बच्चों को सुखी देख कर मां बाप सुखी। अमन के बाग में एक बेटी थी तनूजा जो अपने घर में सुखी थी। अभी हाल ही में उसके घर में भी लक्ष्मी स्वरूपा बिटिया का जन्म हुआ था। अमन ने रिटायमेंट से पहले ही अपनी सारी जिम्मेदारी पूरी कर ली थी। अब तो बस चैन से रिटायर्ड लाइफ की बांसुरी बजानी थी।

भाभी चाय रहने दीजिए। सीधे-सीधे खाना परोस दीजिए। घर में घुसते ही अमन ने अफशां से कहा।

बिलकुल सही। इतनी अच्छी खुशबू तो हालचाल भी न पूछने दे। मुंह में पानी दौड़ा चला आ रहा है। प्रभाती ने अमन की बात में हां मिलाई।

बस कुछ ही देर में दोनों ने मिल कर दस्तरख़ान सजा दिया था। अफशां के हाथ में जादू है। बिरयानी तो उनसे अच्छी इस ज़मीन पर कोई बना ही नहीं सकता। पहला कौर मुंह में रखते ही प्रभाती के मुंह से अनायास ही निकल गया।

रहने दो.... झाड़ पर न चढ़ाओ। अफशां बोली

नहीं भाभी सोलह आने सच है। अमन भी प्रभाती का साथ देते हुए बोले।

तुम क्यों मुंह में दही जमाए बैठे हो। अफशां ने बिलाल को चुपचाप खाते देख कर पूछा।

अब तारीफों के पुल बांधने के लिए अमन और भाभी तो हैं ही। फिर मैं क्यों न आराम से बिरयानी और सालन का मजा लूं। कहते हुए बिलाल ने एक चमचा बिरयानी और परोस ली।

तुम ज्यादा मत खाना बिलाल। तुम्हें ओवर ईटिंग हो जाएगी और हमें नुकसान। अमन ने बिरानी का चमचा डोंगे में से उठाते हुए कहा।

मन से मिले चार लोग साथ बैठ कर खाएं तो बेस्वाद खाना भी स्वाद लगने लगता है। अचानक अफशां के मुंह से निकला। शायद सभी बच्चों के अलग रहने की टीस थी। अब बेटी का तो कुछ कह नहीं सकते पर बेटे... चारों में से एक भी साथ न था। निकाह के बाद साल भी साथ न टिके।

अमन और प्रभाती उनके दर्द को समझ गए। समझ तो बिलाल भी गए थे पर उन्होंने इस पर हमेशा ख़ामोशी को ढाल बना कर रखा था। वैसे भी माहौल में विछोह की बयार से वो इस खुशनुमा माहौल का मज़ा कम नहीं होने देना चाहते थे।

भाभी अगर बिरयानी बच जाए तो मैं रात को भी यही खा लुंगा। अमन बोले

मतलब! क्या तुम्हारा रात तक रूकने का प्रोग्राम है। प्रभाती ने अपनी प्लेट का आखिरी कौर समेटते हुए कहा।

अरे जो बात मैं इन दोनों से करने जा रहा हूं, उसे समझाने में रात तो हो ही जाएगी और फिर हम देर रात को घर जा कर क्या ही खाना बनाएगे। अमन दिल से बिरयानी के स्वाद पर फ़िदा थे।

सर झुका कर चुपचाप खाना खाते बिलाल के चेहरे पर सवार तैर गए। उन्होंने भर नज़र अमन की ओर देखा जैसे आंकना चाह रहे हों

कि अमन ऐसा क्या कहने जा रहा है जिसे समझाने में उसे इतनी मशक़्क़त करनी पड़ेगी की रात हो जाए। दोनों के बीच का रिश्ता तो ऐसा था कि एक मन में सोचे और दूसरा उसे किताब की तरह बांच ले। पूरे दफतर में इन दोनों की दोस्ती की मिसाल दी जाती थी।

खाना निपटा तो बिलाल और अमन बैठक में आ गए और प्रभाती और अफशां सामान समेटने की कवायद में लग गए।

आज भी खाने के बाद बिलाल के यहां सादा पान परोसने का रिवाज है। यूं तो बिलाल को पान का कोई खास शौक़ नहीं है पर अमन अगर घर पर खाने पर आए तो पान तो बनता है। सामान समेट कर अफशां और प्रभाती लौटे तो बिलाल खुद पान लगा रहे थे।

अब आप बना रहें हैं तो एक पान मेरा भी। अफशां बोली

मेरे लिए गुलकंद वाला बनाइएगा भाई साहब। अभी मधुमेह को मेरी याद आई नहीं है।

ये पहले आप लें। बिलाल ने प्रभाती को पान का बीड़ा पकड़ाते हुए कहा।

मेरे वाले में इलायची और लौंग जरूर डालना। अफशां बोली।

आप के लिए भी तैयार है मोहतरमा। नोश फरमाइए। बिलाल ने अफशां की ओर पान की गिलौरी बढ़ाते हुए कहा।

कुछ भी कहो। खाने के बाद पान खाने का मजा ही कुछ और है। अमन बोले।

सिर्फ मजा ही नहीं सलीके से पान खाने के फायदे भी है जैसे कब्ज़ या ऐसिडिटी में, अल्सर में, दांतों के मसूढों में सूजन वगैरह। अरे इसे में बहुत सारा विटामिन ए होता है। बिलाल ने कहना शुरू किया।

अरे तुम तो पूरा सिलेबस ले कर बैठ गए। अमन ने बिलाल की बात काटी तो अफशां हंस पड़ी। इन्हें तो बस मौका मिलना चाहिए अपनी झाड़ने का।

अच्छा नहीं झाड़ता, पर तुम पहले ये बताओ कि ऐसा क्या समझाने वाले हो मुझे जिसमें की रात हो जाएगी।

अरे! तुम बिरयानी की चिन्ता में पड़ गए क्या? अमन ने खिंचाई करते हुए कहा।

नहीं नहीं बस थोड़ी जानने की इच्छा थी। बिलाल ने सबको पान पकड़ाने के बाद अपने मुंह में भी पान की गिलौरी रख ली थी।

हम! यानि तुम, मैं, प्रभाती और भाभी हम चारो इस गर्मियों में फॉरेन टूर पर जा रहे हैं। कैसे जाएगें, कहां जाएगें कितने दिन के लिए जाएगें और कितनी बार लगातार जाते रहेंगें, वो सब मैंने तय कर लिया है।

अरे मतलब.... बिलाल के लिए शायद ये प्रपोज़ल काफी भारी था। वो तो कभी भारत भ्रमण के लिए भी नहीं निकले थे।

इन्होंने आज तक रामेश्वरम और कन्याकुमारी तक तो दिखाया नहीं। आप फॉरेन टूर की बात कर रहे हो। अफशां बोली।

तुम्हारा प्लान बहुत अच्छा है। मगर ये भी तो सोचो कि ये सब कितना खर्चीला होने वाला है। हमारी बुढापे की जमा पूंजी.... बिलाल कहने लगे पर इससे पहले की वो अपनी बात पूरी कर पाते अमन ने उनकी बात बीच में ही काट दी।

सारी उम्र तुमने इसी बुढापे की जमा पूंजी के लिए खर्च कर दी। घर परिवार और बच्चों की परवरिश के लिए सारी उम्र हाथ रोक कर गुज़ारी। अब कुछ अपने उपर भी खर्च कर लो।

आज दो पैसे हैं तो इज़्ज़त है अमन... बिलाल बोले

पर तुम्हारा खुद का सुख... ये पैसे तुमने बच्चों के लिए बचा कर रखे हैं ना। कि उनके दुख-सुख में तुम उनका साथ दे पाओगे। अमन ने पूछा।

तो क्या ये हर मां बाप नहीं करते? बिलाल ने तर्क दिया।

तुम्हें अपनी परवरिश पर भरोसा नहीं क्या? हम दोनों के बच्चे अपने पैरों पर खड़े हैं, समझदार हैं। उन्हें अब हमारी ज़रूरत नहीं।

शायद भविष्य में हमें उनकी ज़रूरत पड़ जाए। अमन ने बिलाल की सोच को शब्द दिए।

तभी तो... अफशां ने अपनी भी सोच दर्ज कराई।

तुम्हें क्या लगता है पैसे से तुम भविष्य में पड़ने वाली जरूरतों में अपने लिए साथ जुटा पाओगे? अमन बोले

शायद कुछ हद तक... ये तो अपने लिए एक बीमा जैसा है। बिलाल ने एक ही बात में अपने मन का डर बयां कर दिया।

तुम हमेशा से ज़िंदगी समझदारी से जीते रहे। अपने फर्ज सही तरह से निभाते रहें। इन्वेस्टमेंट करते रहे। मैं नहीं कहता कि घर फूंक तमाशा देखो। पर कुछ तो अपने लिए भी जी लो। ज़िंदगी दोबारा नहीं मिलती। जब तक हाथ पांव साथ देते हैं घूमो फिरो और उपर वाले की बनाई दुनियां को अपनी आंखों में कैद कर लो।

अमन भाई सही कह रहे है। अफशां इतनी देर तक सारी बातें सुनने के बाद धीमी सी आवाज में बोलीं।

ऑफिस में भी अमन अच्छा वक्ता था और आज भी है। भाभी अब अपने हाथ की कॉफ़ी पिला दो तो कहीं घूमने जाने का प्लान बनाएं। बिलाल प्रभाती की ओर देख कर बोले।

अभी लाई भैया। कह कर प्रभाती अफशां की रसोई की ओर बढ़ गई और उसके कानो में बिलाल की आवाज पड़ी। क्यों न पहले मनाली तक का प्रोग्राम बनाए।

प्रभाती उनके प्रपोजल पर मुस्कुरा दी और आलमारी में से कॉफ़ी के मग निकालते हुए मन ही मन सोचने लगी। सच ही तो है! बच्चों की सही तरबियत ही सबसे बड़ा बीमा है। वो कहावत है न

पूत सपूत तो क्यों धन संचय

पूत कपूत तो क्यों धन संचय।।

कहानी ८

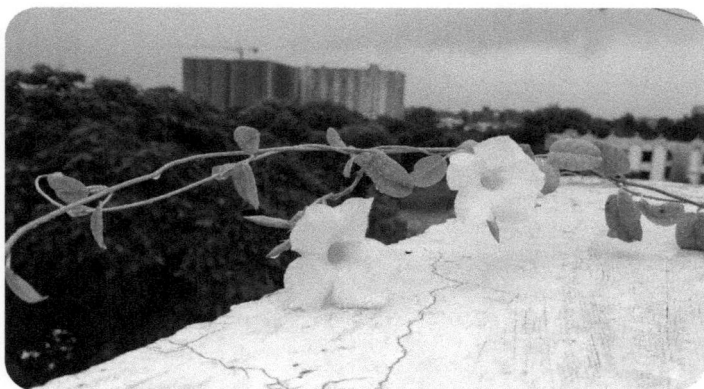

घर और कमरा

मलाड के चारकोप नाका का एक छोटा सा घर जिनमें एक बैठक और दो सोने का कमरे थे। एक छोटी सी रसोई जिसकी खिड़की में धनिया पूदीना के साथ-साथ लेमन ग्रास और दो गमले भी थे। जिनमें मार्च के महीने में खूब गेंदे के फूल खिल आये थे। रसोई की दीवार पर टंगा एक पेंट किया हुआ डब्बा एक घने मनी प्लांट की जमीन था। जिसकी बेल रसोई की दीवार से चढ़ती हुई बैठक की खिड़की तक पहुंचने को थी। बैठक और सोने के कमरों की खिड़कियां भी ऐसे संवारी हुई थी कि कपड़े सुखाने और पोछा झाड़ू छिपाने के बाद भी घर के अंदर से और बिल्डिंग के बाहर से पूरा घर फूलों से सजा दिखाई पड़ता था। जया और विजय का प्यारा सा घरौंदा जिस के परिंदों की उड़ान अधिक पाने की नहीं, सादगी से खुश रहने की थी।

जया एक फ्रीलांस इंटीरियर डिज़ाइनर थी तो उसका हमेशा वर्क फ्रॉम होम ही चलता था, मगर विजय को अक्सर बाहर आना-जाना पड़ता था। रसोईघर से बैठक की ओर जाती हुई मनी प्लांट की बेल के नीचे उसने जूट की छोटी सी कुर्सी रखी थी और एक प्यारा सा लकड़ी का मेज। ये था जया की वर्किंग स्टेशन। कभी बैठक तो कभी सोने वाले कमरे की खिड़की के लग कर बैठी जया ने कितने ही रचनात्मक डिज़ाइन तैयार किए थे। जून-जुलाई के महीनों में बंबई की मूसलाधार बारिश के ठंडे छींटे कितने नए आडिया थमा जाते थे। घर का हर कोना जया की सोच को संवारता था और उसके डिज़ाइनों को निखारता था। बहुत से बड़े-बड़े डिज़ाइनर भी उसकी क्रियेटिविटी का लोहा मानते थे। शायद यही कारण था कि घर बैठे-बैठे ही उसके पास काफी काम रहता था।

इस मकान में पिछले पचपन सालों से जया ओर विजय का घरौंदा था। मकान छोटा था पर घर बड़ा था। सुबह और शाम की चाय अक्सर दोनों बैठक की खिड़की के साथ लगे चबूतरे पर ही बैठ कर पिया करते थे। अनू और मीनू की पढ़ाई सोने के कमरे की खिड़की के साथ लगे चबूतरे पर हुई। जब दोनों कॉलेज जाने लगे थे तभी भी उस चबूतरे का एक कोना अनू का था और एक मीनू का। जिसे दोनों ने अपने-अपने हिसाब से सेट किया था। अनू के डंबल्स और मीनू के टेडी दोनों प्यार से चबूतरा शेयर करते थे। बच्चे अच्छे थे दोनों। पढ़ाई लिखाई में भी और केयरिंग भी। मीनू की शादी के बाद अनू एम बी ए की पढ़ाई के लिए हॉस्टल चला गया और चबूतरा खाली हो गया। अनू अपने डंबल्स अपने साथ ले गया और मीनू ने अपना टेडी किसी को गिफ्ट कर दिया।

जया और विजय जब बैठक के उस चबूतरे पर बैठ कर चाय पीते तो कितने ही मुद्दे होते थे। बच्चों की किताबें, टीचर के कमेन्टस्, क्लास के बच्चों से प्रतिस्पर्धा, पड़ोसी के बच्चे, रिश्तेदारों के बच्चे और जाने क्या-क्या। पर अचानक लगने लगा जैसे मुद्दे बदल गए थे। पड़ोसी, रिश्तेदारों के अलावा जोड़ों के दर्द, ब्लड प्रेशर और शुगर की दवा जैसे अब नए विषय जुड़ गए थे। पर ज़िंदगी में कमियों को अपनी जगह न बनाने देना जया अच्छे से जानती थी। ख़ाली चबूतरों पर उस ने कुछ और गमले सजा दिए थे। ख़ालीपन सुककुलेन्ट के नए पौधों और फूलों से भर गया था।

अरे! एक नया पत्ता निकल आया है इसमें। विजय रोज की तरह सुककुलेन्ट के पत्तों को निहारते हुए बोले।

मैंने कल ही देख लिया था। साथ वाले पौधे में भी देखो, एक नन्हा सा पत्ता दिखेगा। जया सुबह की चाय के प्याले समेटते हुए बोली।

तुम फूलों के कुछ पौधे लगा दो ना।

अंदर धूप कम आती है.... इसीलिए सिर्फ इनडोर प्लांट रखे हैं। फूलों के पौधे तो बाल्कनी में रख दुंगी।

मैं कल ऑफिस से लौटते हुए कुछ बीज ले आउंगा। पास ही एक नई नर्सरी खुली है।

तो फिर करेले या लौकी की बीज लाना। लगा कर देखते है। जया विजय की बात सुन कर खुश हो गई थी।

करेले, लौकी की बेलों ने फल दिए और नए बीज भी। समय उनकी नन्हीं सी बगिया में अनेक फल-फूल और ख़ुशियाँ ले कर आता जाता रहा। बालों में चांदी के भरने तक मीनू अपने पति के साथ विदेश जा चुकी थी। अनु पूना में एक अच्छी कंपनी में बड़ी पोज़िशन ले चुका था। कंपनी की तरफ से उसे एक बड़ा सा बंगला मिला था। उसकी एक प्यारी सी गृहस्थी बस चुकी थी। जया और विजय जुड़वा परियों के दादा दादी बन चुके थे।

माता पिता की बढ़ती हुई उम्र का एहसास शायद अनू को भी था इसीलिए शायद आजकल रोज ही अनू के फोन आते थे।

पापा आप लोग पूना आ जाइए। यहां का मौसम बस पूछिए मत। अब बंबई को भूल जाएंगे।

तभी तो आता नहीं। कोई अपने घर को थोड़ी न भूलना चाहता है।

मम्मा! आप समझाइए ना पापा को। अनू फोन पर विजय से मिन्नत कर रहा था। अब इस उम्र में उनका अकेले रहना उसे ठीक नहीं लग रहा था। वैसे भी जया की तबियत पिछले कुछ महीनों से लगातार ही ख़राब चल रही थी। पापा भी अकेले कितना ही ध्यान रख लेते। अब परिवार के साथ रहें तो देखभाल अच्छे से हो सकती है। पर इन दोनों को समझाना.... डॉन को पकड़ने जैसा था।

अरे तेरे पापा ने कब सुनी है मेरी जो आज सुन लेंगे। जया ने विजय पर ताना मारने का कोई मौका न चूकते हुए बोलीं

पता है! तुम्हारा काम तो कहीं से भी चल सकता है। इसीलिए ऐसा कह रही हो। पर मेरा नहीं चलता। विजय ने जया की बात का तुरंत ही जवाब दे डाला।

इसमें मेरी क्या खता है? तुम भी मेरा प्रोफेशन चुन लेते।

तुम्हारा प्रोफेशन तो कोई भी चुन ले। मेरे प्रोफेशन में दिमाग खर्च होता है। विजय ने जया का मज़ाक़ उड़ाते हुए कहा।

बस इसी बात पर जया को मिर्ची का तड़का लग गया। अब भला अनू से तो क्या बात होती जया तो कोप भवन में पहुंच गई। अनू ने भी बात आगे नहीं बढ़ाई बस पापा से इस बारे में विचार करने को कहा।

रात की दवा के साथ पानी का गिलास पकड़ाते हुए विजय ने पूना चलने की बात की तो जया ने कोई जवाब नहीं दिया।

अगली सुबह चाय की जगह तुलसी का पानी उबालने के बाद विजय ने जया को जगाया। जब तक जया मुंह धो कर बाहर आती विजय बैठक की खिड़की के पास वाले चबूतरे पर दोनों कप रख चुके थे।

ठीक हो....? विजय ने प्याला जया की ओर बढ़ाते हुए पूछा।

सर भारी है जरा।

पूना चलते हैं। अनू को हमारी चिन्ता है।

जानती हूं... पर उसके साथ उसके घर में कैसे रहेंगे? यही घर है हमारा। एक-एक चीज़ हमने बनाई है, सजाई है। अनू मीनू की कितनी यादें जुड़ी हैं। हम नई जगह पर कैसे एडजस्ट कर पाएगे। पौध उखाड़ कर रोपी जाती है। पेड़ नहीं। जया जैसे कहीं दूर से बोल रही थी।

चल कर देखते हैं ना... मन नहीं लगेगा तो वापस आ जाएंगे। विजय ने तुलसी वाले गुनगुने पानी का घूंट भरते हुए कहा।

क्या बात कर रहे हो... पता है न रात भर मुझे कितनी खांसी आती है। उन सबकी नींद खराब होगी। जया बोली

अरे! खांसी ही तो है... ठीक भी हो जाएगी।

तुम समझते क्यों नहीं। आजकल खांसी अपने आप में एक वजह है कहीं न जाने की। तुम अपने ही बच्चों के पास जाने की बात कर रहे हो।

खांसी का प्रकोप कुछ हल्का पड़ा और मान मनौवल का एक लंबा दौर चला तब कहीं जया अनू के घर कुछ दिनों के लिए जाने को तैयार हुई।

अच्छा घर था अनू का। चार बेडरूम, डाइनिंग रूम, बड़ा सा किचन, लॉबी और एक बड़ा सा ड्राइंगरूम। जया पर ही गया था अनू का टेस्ट भी। बड़ी खूबसूरती से सजाया था। चार कमरों में से एक कमरा जया और विजय का था।

सारा घर दिखाने के बाद अनू ने एक कमरे का दरवाज़ा खोला जिसमें बाकी कमरों से कुछ ज्यादा करीने से सजाए सामान जैसे टीवी, बेड, सोफा, वॉकिंग वार्डरोब और एक छोटी सी लाईब्रेरी के अलावा क्रीपरर्स और इंडोर पौधे भी रखे हुए थे।

आपका कमरा पापा! इला ने सामान कमरे में रखवाते हुए कहा। इला अनू की पत्नी।

सुंदर सजाया है कमरा। जया ने इला के कंधे को प्यार से थपकाते हुए कहा।

आपने पास कर दिया तो ये कॉम्प्लिमेंट है मेरे लिए मम्मा। इला ने सूटकेस वॉकिंग वार्डरोब की तरफ धकेलते हुए कहा।

नहीं वाकई। इला ने परदे को किनारे से छूते हुए कहा। अब तक विजय कमरे में रखे सोफे पर टेक लगा कर आराम से बैठ चुके थे। कमरा वाकई अच्छा सजाया था। यूं तो पूरा घर ही बहुत सुंदर था। पर यहां शायद उन दोनों की पसंद और ज़रूरतों का ख़ास खयाल रखा था। टायलेट में लगे हैंड ग्रेबर और शावर बेंच को देख कर जया मन ही मन मुस्कुरा दी थी।

नई जगह, नए लोग, चार साल की जुड़वा नन्हीं पोतियां, कीकी और चीची। सुबह की अदरक तुलसी की नींबू वाली चाय

नौकर कमरे में दे जाता जिसे कमरे की बाल्कनी में रखी बेंत की कुर्सी पर बैठ कर पीना सुकून भरा था। अनू ने घर में पहले से ही सब समझा रखा था कि उसके पापा मम्मा के हिसाब से क्या खाना कैसे बनेगा। कीकी चीची सुबह-सुबह उठते ही दादा दादी के कमरे में चले आते और फिर स्कूल भेजने के लिए उनकी आया को मशक्कत करनी पड़ती। इला अैर अनू भी शनिवार इतवार को ही घर में नज़र आते। वकालत तो प्रोफेशन ही ऐसा है। कोर्ट से आने के बाद इला का काफी समय उसकी स्टडी में बीत जाता। यूं तो उसने घर पर केस से जुड़े लोगों को आने से रोक रखा था पर अक्सर कोई न कोई उसका शनिवार निगलने आ ही जाता। हां हर दूसरा रविवार जरूर फैमिली आउटिंग के लिए फिक्स था।

खाली बैठे समय काटना कितना कठिन होता है ये जया को पूना आने के बाद ही समझ आया था। न कोई जिम्मेदारी और न ही कोई काम करना पड़ता था। बंबई में तो दिन कब और कैसे बीत जाता था पता ही नहीं चलता था। उस दिन अनू और इला के जाने के बाद जया रसोई में चली गई। मॉडर्न रसोई थीं चूल्हे को जलाना कैसे है यही समझ नहीं आ रहा था। माइक्रोवेव की शक्ल और उसकी जुगत भी समझ से कोसों दूर थी। उसे किचन में जाते देख तुरंत ही काम वाली बाई दौड़ी चली आई।

दादी! कुछ मंगता है क्या? आप काइको आया इधर... मेरे को बोलो... मैं लाती

नहीं नहीं मैं तो बस यूंही...

चाय... पानी... कुछ दूं क्या आपको....?

पानी...

आप बैठो दादी... मैं देती...

जया कुछ देर यूं ही इधर उधर टहलती रही फिर अपने कमरे में आ कर बैठ गई। विजय ने नियम बना लिया था और वो सुबह ही सैर पर निकल जाते थे और आस-पास के बाज़ारों का जायज़ा

लेते। बिज़नेस मैन का दिमाग़ हर जगह कुछ न कुछ ढूंढता रहता है। जया अभी अपने आप को इस नए वातावरण में ढाल नहीं पाई थीं। करने को कुछ था ही नहीं। जो असाइनमेन्ट वो बंबई में कर रही थी उन्हें वो पूरा कर के ही निकली थी। न मालूम क्यों, पर अच्छा मौसम, बच्चों की दुनिया और बेइन्तहा आराम होने के बावजूद उसकी रचनात्मकता कहां जा कर सो गई थी। दिमाग में कुछ आता ही नहीं थी। शायद कीकी और चीची के अलावा कुछ भी नहीं था जो उनके चेहरे पर मुस्कुराहट लाता।

दिन हफतों से फिसल कर महीनों तक जा पहुंचे थे। विजय ने अपनी व्यस्तताएं ढूंढ ली थीं और जया ने हर भोजन के बाद सोने की आदत बना ली थी। एक दिन अनू के बचपन का एक दोस्त मंटू पूना आया। उसने जया को देखा तो अचानक ही बोल पड़ा।

आंटी आप तो बहुत ही कमज़ोर लग रहीं हैं।

अरे नहीं तो... जया बोली

भाभी लगता है आंटी घर के कामों में ज्यादा उलझ गई हैं और अपनी सेहत का बिलकुल ध्यान नहीं रख रहीं। मंटू बोला

कहां कोई काम करती हूं? इला तो मुझे हाथ तक नहीं हिलाने देती। पूरा दिन खाती हूं और सोती हूं। आजकल नींद ही बहुत आने लगी है। तुम्हारे अंकल तो फिर पूरा दिन न जाने किधर घूमते रहते हैं। जया बोली

लेकिन आंटी आपको एक बार किसी को दिखाना चाहिए। तू ले कर जा आंटी को। मंटू अनू से बोला।

हां मुझे भी अचानक मम्मा ज्यादा कमज़ोर दिखाई देने लगी।

कल सुबह मैं ले जाउंगी.... इला बोली। कल मेरा कोर्ट भी नहीं है।

अरे! तुम क्यों पेरशान हो रहे हो। उम्र ढलान पर है। अब बुढ़ापे में यही सब कुछ होगा।

आप कैसी बातें कर रहीं हैं मम्मा। अनू ने उनकी बात पर एतराज़ करते हुए कहा।

उस रात अनू और इला दोनों ही इस बात को ले कर काफी परेशान थे। आखिर मम्मा को ऐसा क्या हो गया। मम्मा कभी ऐसी डिप्रेसिव बातें नहीं करती थीं। अनू शाम को ऑफिस से आता तो उसे मम्मा सोती हुई मिलती थी।

मम्मा इतना सोती तो नहीं थी कभी। अनू ने लिहाफ ओढ़ते हुए इला से कहा।

मुझे लगता है कि उनका खाना भी कम हुआ है। तुमने नोटिस नहीं किया क्या? आजकल सिर्फ एक रोटी खाती है। इला ने हाथों पर क्रीम लगाते हुए कहा।

शायद चलना फिरना कम हो गया इसलिए। अनू बोला।

हां! बंबई में तो घर-बाहर सारे ही काम मम्मा के सिर पर थे।

पापा तो सिवाय सुबह की चाय बनाने के और कुछ नहीं करते थे। अनू ने बताया।

चलो देखते है कल डाक्टर क्या बताता है। इला ने साइड टेबल पर पानी का गिलास रखते हुए कहा।

पंद्रह बीस दिन सिर्फ टेस्ट और उनकी रिपोर्ट आने में लग गए। मगर इन टेस्ट की रिपोर्ट ने कई सवालों के हल निकाल दिए।

जया अब बिलकुल ठीक है। चेहरे पर वही पुरानी चमक और चाल में चंचलता लौट आई है। अब सुबह के समय अब कीकी चीची सिर्फ दादी से ही तैयार होती है। घर में छः सात तरह के अचार की शीशियाँ डाइनिंग टेबल पर सजी हुई है। घर की हर बाल्कनी में पौधों और फूलों की कतारें हैं जिन्हें संभालने का जिम्मा सिर्फ जया का ही है। आजकल वो इला के ऑफिस के इंटीरियर में भी व्यस्त हैं। गाजर का हलवा प्लानिंग में आ चुका है और इस बार इला उनसे हलवा बनाना सीखने वाली है।

अब उन्हें बंबई वाले घर को याद कर पाने का समय ही नहीं मिलता। जया कमरे से घर में जो चली आई हैं।

बाँहें जब अपनापन फैलाये

नेह हवा में बिखरा पाएँ

श्रद्धा सम्मान हिलोरें ले तो

कैसे घर की याद सताये।।

कहानी ९

दीवारें

जूनी और सौरभ दिल्ली के मयूर विहार फेज तीन के पुराने बने डीडीए फलैट में शिफ्ट हुए तो जैसे राहत की सांस आई। अपना घर अपना ही होता है। गणेश जी की तस्वीर बैठक में रख कर एक अगरबत्ती जलाई और गृहप्रवेश हो गया। सात साल की जान पहचान के बाद हुई शादी के तीन साल बाद भी वो दोनों आगे की प्लानिंग के बारे में कुछ सोच ही नहीं पा रहे थे। किराए के मकान की जिन्दगी हमेशा सूटकेस में बंद हो कर ठेले पर चढ़ी रहती है। न मालूम कब मकान मालिक का मूड बिगड़े और वो सारे एग्रीमेन्टस् दरकिनार कर मकान खाली करने का अल्टीमेटम दे दे।

जूनी और सौरभ का ये अपना घर बड़ा प्यारा था। घर के सामने पार्क जहां अक्सर बच्चे खेलते दिखाई देते थे। खुली बाल्कनी और हवादार कमरे। बहुत बड़ा नहीं मगर काफी सुविधाजनक घर था। डीडीए के मकानों की अनेक ख़ासियतों में से एक ख़ासियत ये भी है कि पड़ोस वाले घर का किट्टू जब पॉटी करने के बाद अपनी मम्मी को आवाज देने के लिए 'हो गई' चिल्लाता तो उपर-नीचे और पास के चारों घरों को पता चल जाता। पीछे वाले घर के शर्मा जी अक्सर बिना तौलिया लिए नहाने घुसते थे। उपर के मकान की सुब्रमनियम आंटी के घर उपमा सर्व हो रहा है या इडली, ये भी बिल्डिंग में सबको पता होता ही था।

जूनी के घर का बरामदा और ड्राइंग रूम की दीवार एक थी और रसोई की खिड़की भी बिलकुल आमने सामने। इस वजह से पीछे के मकान में रहने वाले परिवार की बहुत सी बातें सुनाई देती थीं। शायद परिवार के सदस्य उम्रदराज़ थे। अक्सर खाँसने की आवाजें आती थीं।

जिस दिन जूनी और सौरभ शिफ्ट हुए थे उस दिन इतवार था। पीछे वाले घर में शायद हवन हुआ था। उन्होंने अपने घर का एक्ज़ास्ट फैन चलाया तो हवन की सौंधी महक इनके घर में भी चली आई।

तुम कहतीं थी न हवन का धुआं घर को शुद्ध कर देता है, लो उपर वाले ने हवन के धुंए का प्रसाद बिना मेहनत ही भेज दिया। सौरभ रसोई के रास्ते हवन का धुंआ घर में आते देख कर बोला।

उपर वाला सुन लेता है अगर सच्चे मन से कहो तो... जूनी ने सौरभ की बात का जवाब दिया। उसका मन था कि पंडित बुला कर विधिवत गृह प्रवेश होना चाहिए। पर सौरभ को तो वीक एंड पर सामान शिफ्ट कर के सेट करना था और सोमवार को ऑफिस पहुंचना था। उनके हिसाब से 'मन चंगा तो कटौती में गंगा'।

सुनो! मेरा चश्मा नहीं मिल रहा। रसोई में बने छोटे से पूजा वाले कोने में सुबह-सुबह अगरबत्ती जलाती जूनी के कानों में पीछे वाले घर की आंटी की आवाज़ पड़ी।

मेरा चश्मा पकड़ा दो तो मैं तुम्हारा चश्मा ढूंढ दूंगा। अंकल भी शायद कहीं से चिल्ला कर बोले।

मन में पूजा के मंत्र बुदबुदाती जूनी ये आवाज़ सुन कर मुस्कुरा दी।

तुम्हारा चश्मा ढूंढ सकती हूं तो क्या अपना नहीं ढूंढ सकती। आंटी भी शायद कुछ गुस्से में आ गई थी।

फिर कुछ देर शांति छाई रही। जूनी की पूजा खत्म हो गई थी। सौरभ बाथरूम से निकलते तो वो नाश्ता लगाती। उसने जल्दी-जल्दी लंच पैक करने शुरू कर दिए। दूध में काफी पाउडर डाल कर मिक्सी में डाला कर स्विच दबाया ही था कि उन आंटी कि आवाज़ दोबारा सुनाई दी।

न मालूम कैसी जिज्ञासा थी कि जूनी ने मिक्सी बंद कर दी। आंटी की बात तो तब तक खत्म हो चुकी थी पर अंकल की आवाज सुनाई दी जो पूछ रहे थे कहां मिला?

बाथरूम में... आंटी बोली

हमेशा वहीं छोड़ कर आती हो.... अंकल की आवाज़ में ताना साफ झलक रहा था।

अरे छोड़ कर नहीं आई थी। शीशे में दिखा। वो मेरे सर पर था। हमेशा वहीं छोड़ कर आती हो। आंटी ने अंकल की बात की नकल दोहराई।

जूनी ने मिक्सी का स्विच फिर ऑन कर दिया। आंटी का चश्मा मिल चुका था। पर जूनी के चेहरे पर एक मुस्कुराहट खेल गई थी।

मेट्रो में बैठे हुए जूनी सोच रही थी कि हर घर की एक दुनिया होती है। अपनी सुख दुख और परेशानियां होती हैं। हम सिर्फ अपनी परेशानियों को सबसे बड़ा समझते हैं। दूसरों की बातें सुनना बुरी बात है मगर ये बातें जो जबरन कान में पड़ जाया करती थी किसी की निजी ज़िंदगी के पन्ने खोल कर रख देती है और सबसे ज़्यादा तो इन अंकल आंटी की, क्योंकि हमारे घरों की कुछ दीवारें सांझी थी, और रसोई की खिड़की बिलकुल आमने-सामने। रोज़-रोज़ की बातों से ये तो पता चल ही गया था कि इनके दो बेटे अपने अपने परिवारों के साथ दूसरे शहरों में रहते हैं। वाट्स ऐप विडियो कॉल पर उंची आवाज़ घर की सारी बातें बता देती थी। उनके घर की सीढ़िया दूसरी ओर थी। इसलिए आते-जाते भी कभी मुलाक़ात नहीं हुई।

कोई शिकायत नहीं थी इन्हें पर उन दोनों को अपने बच्चों की कमी खलती थी शायद। जूनी की अनदेखी पहचान अब छः महीने पुरानी हो चुकी थी पर अब तक उन बुजुर्ग दंपत्ति को साक्षात देख पाने का मौका नहीं मिला था। जूनी ने एक दिन सौरभ से कहा भी कि चलो ने इस होली पर उन अंकल आंटी को गुझिया दे आएं।

पता नहीं मीठा खाते भी होगें की नहीं... सौरभ ने ज्ञान बघारा

तो कुछ नमकपारे या कुछ नमकीन जैसा... जूनी का सुझाव तैयार था।

पता नहीं दांतों की क्या स्थिति हो... सौरभ ने एक और ऑब्जेक्शन परोसा। मेरी मम्मा भी तो सख्त चीजें कहां खा पाती हैं।

तो गुलाबजामुन और इडली दे आते हैं.... जूनी के मन में उनसे मिलने का ललक बढ़ती जा रही थी।

अरे यार! छोड़ो न क्यों तुम किसी की ज़िंदगी में बेवजह घुसना चाहती हो। सौरभ कुछ खीज से गए।

अगर लगेगा कि उन्हें अच्छा नही लगा तो हम नहीं जाएगें दोबारा। जूनी की आवाज़ धीमी पड़ने लगी थी।

आख़िर में सौरभ तैयार हो ही गए और अगले इतवार को सुबह करीब ग्यारह बजे ढोकला, सूजी का हलवा, कुछ गुझिया और नमकपारे छोटे-छोटे डिस्पोज़ेबल डिब्बों में डाल कर वो उनके दरवाजे की घंटी बजा रहे थे।

दो-तीन घंटी बजाने के बाद भी दरवाजा नहीं खुला तो सौरभ ने जूनी की ओर गहरी नज़रों से देखा। अंदर से कोई आवाज़ भी नहीं आ रही थी। इससे ज्यादा आवाज़े तो उन्हें उनके ड्राइंग रूम में सुनाई दे जाती है। कुछ गड़बड़ तो नहीं। अब तो मन में आशंकायें सर उठाने लगी थी। जूनी और सौरभ उनके घर के दरवाज़े पर खड़े अपनी राय बना रहे थे कि उनकी बातचीत सुन कर पड़ोसी शर्मा जी ने दरवाज़ा खोला।

अरे! सौरभ जी...

वो... ये... दरवाज़ा नहीं खोल रहे...

आप हमारे यहां बैठिए... शर्मा जी ने उन्हें अंदर बुलाते हुए कहा। उन्हें पिछले कमरे से ड्राइंग रूम में आने में समय लगता है। और कहीं बिस्तर पर बैठे होगें तो कुछ और ज़्यादा लग जाएगा। उनके यहां आने वाले सभी ये जानते हैं इसलिए चिंता नहीं करते।

जूनी के चेहरे पर से उड़े रंग कुछ वापस आ गए। ओह! मैं तो डर ही गई थी।

आप पहली बार आई हैं ना....शर्मा जी बोले। आइये आप तब तक हमारे यहाँ बैठिए।

जब तक जूनी और सौरभ शर्मा जी के घर में घुसते उनका दरवाज़ा खुल गया।

झुर्रियों भरा मगर बेहद तेजवान ख़ूबसूरत चेहरा। सफेद बालों में झांकती सिंदूर की लाली। मोटे शीशे वाली ऐनक पहने एक भद्र सी महिला ने दरवाजा खोला था।

जी...? उस चेहरे पर सवाल पसरे हुए थे।

मैं आपके घर के पीछे वाले घर में रहती हूं....

जूनी....!! और तुम सौरभ

जी...? अब जूनी और सौरभ के चौंकने की बारी थी।

पहले अंदर आओ। शर्मा तुम भी आओ.... उन्होंने दरवाज़े से हटते हुए कहा।

अरे ये आपका दरवाज़ा न खुलने से घबरा रहे थे तो मैं उन्हें समझा रहा था। शर्मा जी बोले।

तो आ जाओ ना...

मैं सोना का प्रोजेक्ट बनवा रहा हूं। फिर आउंगा....

चलो करवा लो। कहते हुए उन्होंने जूनी और सौरभ को अंदर आने का इशारा किया और धीमी चाल से बैठक की ओर बढ़ गई।

जूनी और सौरभ सोफे पर बैठे और हाथ का सामान सामने सेन्टर टेबल पर रख दिया। उनके चेहरे पर शायद हैरानी पसरी हुई थी कि वो उनके बारे में कैसे जानती हैं? पर इससे पहले कि वो कुछ पूछ पाते धीमी चाल से छड़ी के सहारे एक उम्र दराज अंकल भी वहां आ गए और पास रखे दीवान पर बैठ गए।

ये जूनी और सौरभ हैं.... पीछे वाले मकान में कुछ महीने पहले ही आए हैं।

आपको कैसे पता कि हम कौन हैं?

सुबह ऑफिस जाते हुए नाश्ते के समय एक दूसरे को चीजें याद दिलाते हुए हमें अक्सर तुम्हारी आवाज़ें सुनाई देती हैं।

क्या कहते है वो... हार्ड ड्राइव मत भूलना। अक्सर तुम बोलती हो। अंकल ने जूनी की नकल उतारी

चार्जर रख लिया ना... ये सौरभ की आवाज़ होती है। आंटी बोलीं।

लंच, पानी की बॉटल और खाना जरूर से खा लेना जूनी कहती है। अंकल बोले

आपको सब सुनाई देता है? जूनी संकोच में आने लगी थी।

नहीं नहीं... इन बूढ़े कानों को वही सुनाई देता है जो तुम चिल्ला कर बोलते हो। आंटी ने जूनी को तस्सली दी।

बूढ़ी होगी तुम। मैं अभी बूढ़ा कहां हूं.... अंकल ने अपनी छड़ी साइड में सोफे से टिकाते हुए कहा।

अब तक आंटी नारियल पानी के टेट्रा पैक ले कर आ गई।

अरे आंटी आप क्यों परेशान हो रही हैं। सौरभ बोले।

ये रेडिमेड सामान तुम्हें हम जैसे लोग ही सर्व करेंगे। आज कामवाली बाई छुटटी पर है। वर्ना बढिया सी कॉफ़ी पिलाती।

आप कॉफ़ी पीना चाहती हैं तो मैं बना दूं। जूनी ने स्थिति देखते हुए कहा।

अरे नहीं.... हम कॉफ़ी नहीं पीते... अजवाइन का पानी पीते हैं। रात को भिगाते हैं और सुबह गुनगुना कर के पीते हैं। आंटी ने खुद ही नारियल पानी के टेट्रापैक में से स्ट्रा अलग कर के हमें पकड़ाते हुए कहा।

तो फिर आप ये खाइए। जूनी ने बनाया है। सौरभ ने नमकपारे और गुझिया का डिब्बा खोलते हुए कहा।

अरे वाह! अंकल गुझिया देख कर बच्चों से मचल गए।

इन्हें गुझिया बहुत पसंद है। आंटी बोली। पर अब मैं बनाती नहीं।

बहुत कम मीठा है। आप आराम से खा सकते है। सौरभ बोले।

अरे मुझे कौन सी डायबिटीज़ है। और फिर भगवान की दया से अभी दांतों ने कीर्तन भी नहीं शुरू किया। हां तुम्हारी आंटी के दांत धीरे-धीरे गुडबाय कह रहे हैं।

तो फिर आंटी आप ये खाइए। सौरभ ने बनाया है। इनके गुजरात की खासियत है। जूनी ने ढोकले का डिब्बा खोलते हुए कहा।

अरे आज तो पार्टी हो गई। आंटी के चेहरे पर भी ख़ुशी की एक लहर दौड़ गई।

हम दोनों के पेरेन्टस् दूर रहते हैं और वो अपने घर और वहां के लोगों को छोड़ कर अनजाने शहर में नहीं आना चाहते। तो हमें लगा कि इस होली कुछ समय आपके साथ बिताएं। आप दोनों भी तो उनके जैसे ही हैं। याद तो हमें भी आती है। पर....

सौरभ की बात सुन कर अंकल भावुक हो गए, वो सौरभ की बात बीच में ही काटते हुए बोले बेटा! माता पिता भी तो बच्चों के सुख के लिए अपने कलेजे पर पत्थर रख कर उन्हें अपने से दूर करते हैं। एक दूसरे के लिए सुख की इच्छा के कारण जो दुख मिलता है ना वो दुख भी अच्छा लगता है। मुझे ख़ुशी है कि तुम अपने माता-पिता को प्यार करते हो और उन्हें याद करते हो।

क्या जब मां अपनी बेटी विदा करती है तो दुख नहीं होता। पर उन आंसुओं के पीछे बेटी का सुखी संसार दिखाई देता है। क्या जब बच्चे पढ़ने या नौकरी करने दूर जाते हैं तो खाने के हर कौर के साथ उनकी याद नहीं आती। कि ये चीज़ तो उसे बहुत पसंद थी। पर बेटा यही जीवन है। एक सीढ़ी से दूसरी सीढ़ी पर पांव रखे तो पिछली सीढ़ी पीछे छूटती ही है। मुझे अच्छा लगा तुम्हारी बात सुनकर। आंटी बोली।

जूनी और सौरभ वहां से लौटे तो एक परिवार भी उनके साथ था। ज़िंदगी की हर परिस्थिति में सकारात्मकता ढूंढ कर खुश रहना वो इन वृद्ध दंपत्ति से सीख कर लौटे थे। घर आ कर सौरभ ने चाय का पानी रखा ही था कि जूनी के एक दोस्त का फोन आया। जूनी और सुमित बचपन में एक ही क्लास में पढ़ते थे। उसका ट्रांसफ़र जयपुर हुआ था और उसने जूनी के पेरेन्टस की कॉलोनी में ही मकान किराए पर लिया था। आज वो शिफ्ट हो रहे थे और जूनी की मम्मा ने उन्हें पूड़ी और आलू बना कर भेजे थे।

अरे ये तो बहुत ही अच्छा हुआ... जूनी खुश होते हुए बोली

हमें घर से दूर यहां अनजान शहर में कोई अपना मिल गया। सुमित बोला।

अब मेरे मम्मी-पापा का ध्यान रखने की जिम्मेदारी तुम्हारी। जूनी बोली

ये भी कोई कहने की बात है। सुमित ने कहा।

फोन रखने के बाद जब जूनी ने सौरभ को सुमित की बात बताई तो सौरभ अनायास ही बोल पड़ा। काश ऐसे ही हर कोई एक दूसरे का खयाल रखे तो बड़ों को अपने कम्फर्ट ज़ोन से कभी बाहर न निकलना पड़े और बच्चों को भी इस बात की चिन्ता न हो कि उनके दूर जाने के बाद घर के बड़ों के पास कौन होगा।

सोच अच्छी है। चलो हम अपने आस-पास से शुरुआत करते हैं। सौरभ बोला

जूनी चाय के दो प्याले ढोकले के साथ परोस लाई थी। तभी पीछे वाली रसोई में से आंटी की आवाज सुनाई दी। सौरभ ने ढोकला अच्छा बनाया था।

दीवार के इस पार सौरभ और जूनी मुस्कुरा दिए और एक ढोकले का टुकड़ा उठा कर मुंह में रख लिया।

दीवारों के कान भी होते हैं

ईंट-गारे का सामान भी होते हैं

कभी दीवारों से पूछ कर देखो

उनके दिल औ अरमान भी होते हैं

कहानी १०

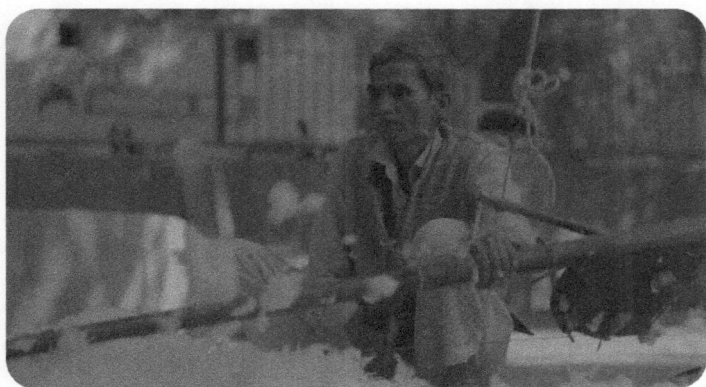

रूई

साइकिल पर एक बांस के लंबे डंडे पर खींच कर बांधे हुए लंबे से एक लोहे के तार वाले बड़े से यंत्र को टाँगे एक अजनबी सी आवाज के साथ एक बुर्जुग सा दिखने वाला व्यक्ति गाहे बगाहे गली में नज़र आता था। जहां तक मैं समझती हूं आज की पीढ़ी तो शायद उसे जानती भी न हो। इस बार भी बहुत दिनों बाद दीवाली के दो सप्ताह पहले नज़र आया और तब से लगभग रोज ही हमारी कालोनी के आसपास घूम रहा था। मार्डन गद्दों के जमाने में कौन ही भला रूई के गद्दे रजाई भरवाता होगा। आज सुबह उसके धुनने वाले की मोटी भारी सिप्रंगदार आवाज़ कानों में पड़ी तो अपना चाय का प्याला उठा कर बाल्कनी में चली आई। सामने वाली सड़क पर एक बुजुर्ग साइकिल पर धुनने वाला यंत्र टांगे मस्ती में चले जा रहे थे। अचानक पड़ोस की शर्माइन ने उसे आवाज़ दे डाली। उन बुजुर्ग ने उनके लॉन में लगे अमरूद के पेड़ से धुनना टांग दिया। मेरी उत्सुक्ता को चार पैर और लग गए। बाल्कनी में रखी कुर्सी उनकी ओर खिसका कर मैं वहीं बैठ गई। इतवार का दिन था। श्रीमान जी बच्चों समेत टीवी पर मैच देखने में व्यस्त थे।

शर्माइन दो तीन पुराने ढीले ढाले से तकिए और तोशक ले कर आई और उनके सामने पटक दिए। कुछ देर में ही एक भोंडी पर लयबद्ध सी सुरलहरी हवा में घुल गई। आस पास छोटे-छोटे रूई के बादल उड़ने लगे। जैसे किसी हिल स्टेशन पर बर्फ गिर रही हो। मैं दूर से उस बुजुर्ग के बनाए हिमपात को देखती रही। लगभग चालीस मिनट लगे होंगे और उन्होंने सारी जमी हुई को कई गुना बड़े आकार में बदल डाला। सफेद, बर्फ सी साफ रूई जिसे खोल में भरने के बाद एक सुंदर रज़ाई बनानी थी। अब तो मुझे भी जोश सा चढ़ा। इस से पहले कि वो अपना सामान समेटे मुझे भी उनसे

कुछ धुनवाना था। और कुछ ही देर बाद मैं एक बरसों पुरानी बड़े बड़े गडढों से भरी एक रजाई लिए उनके सामने खड़ी थी।

मोल भाव तो क्या करती बस वो पुरानी रज़ाई उनके सामने कर दी।

इनकी रूई समेट लूं तब करता हूं। बुजुर्ग ने डंडे से रूई लिहाफ में ठूंसते हुए कहा।

ठीक है। मैंने कहा और वहीं उनके लॉन में बिछी गार्डन चेयर पर आराम से बैठ गई। सर्दियों की शुरूआत होने को है। हल्की गुलाबी धूप कुछ-कुछ अच्छी लगने लगी है। शर्माइन ने वहीं लॉन में तीन कप चाय मंगवा ली। बुजुर्ग ने दोनों हथेलियों के बीच प्याले को थाम लिया, एक लंबी सांस ली और आंखें पल भर को बंद कर ली, जैसे चाय की गर्माहट कहीं अपने भीतर समा लेना चाहते हों। बड़े इतमीनान से उन्होंने चाय का घूंट भरा, उनके चेहरे पर एक सुकून सा बिखर गया। शर्माइन का तो पता नहीं पर मुझे ऐसा लगा कि या तो उन्होंने सुबह से चाय पी नहीं थी या उन्हें चाय बेहद पसंद आई थी।

चाय में मीठा ठीक है काका....मेरे मुंह से बेसाख्ता निकल गया।

बहुत अच्छी चाय बनाई है। उन्होंने मुस्कुराते हुए कहा। बिल्कुल रूई सी....

चाय.... रूई सी, मुझे कुछ हैरानगी सी हुई।

हां... भीतर तक मीठास और गर्माहट देने वाली।

काका तो कवि हो गए। शर्माइन बोली।

हर इंसान कवि होता है बिटिया। कोई कहता है तो कोई नहीं कह पाता। उन्होंने सूई में धागा पिरोते हुए कहा।

आप कहते हैं... मैं उत्सुक हो कर पूछ बैठी।

मैंने कहा ना... हर एक में एक कवि होता है। उन्होंने धागा पिरो कर गांठ लगा ली थी।

तो फिर कुछ अपनी ज़िंदगी से जुड़ा कुछ बताइए ना... इस बार फरमाइश शर्माइन ने की थी।

काका ने डंडे से गद्दे को पीटा और फिर रूई को एकसार करते हुए बोले। मेरे तीन बेटी और एक बेटा थे।

थे मतलब....मेरे मुंह से निकला

मेरे सबसे छोटे साले साहब की पहली बिटिया हुई तो मेरी सलहज चल बसी। उसे मनहूस मान कर वो उसे मेरी गोद में डाल कर चले गए दूसरी दुल्हन लाने। चार से पांच बच्चे हो गए। इन्हीं रूई के रेशों में मैने उन बच्चों की ज़िंदगी पार लगाने के धागे बनाए। और फिर इन्हीं धागों में अपनी सारी ज़िंदगी बुन डाली।

काका ने घुटने पर रजाई का एक सिरा रखा और पंजे के नीचे उसका दूसरा सिरा दबा कर बड़े-बड़े टांके लगा कर रूई को लिहाफ के कपड़े के साथ बांधने की कवायद शुरू कर दी। कविताएं, तुकबंदिया या फिर बेतुका, कुछ यूं ही मन में पनपता रहा। पढ़ा लिखा तो हूं नहीं। ज़िंदगी ने जो सिखाया है वही रह जाता है दिमाग़ में। जो रह जाता है वो गुनगुना लेता हूं और जो भूल जाता है वो शायद गुनगुनाने के लिए था ही नहीं।

मैं मन ही मन काका की मुरीद होती जा रही थी।

तो फिर कुछ सुनाइए जो आपको याद रह गया हो। शर्माइन ने फिर से फरमाइश कर डाली।

काका के हाथ दो पल को रूक से गए। उस लॉन की हैज लगी दीवारों के पार कहीं दूर ताकने लगे। आस-पास सिर्फ चिड़ियों की चहचहाने की आवाज़ थी। अचानक हल्की सी हवा चली और पत्तों की सरसराहट ने जैसे कुछ पन्ने पलटे और उन्हें अपनी कविताओं का आगाज़ करने का आदेश दे दिया। वो कुछ पल को ठिठके और फिर सधी सी आवाज़ में कहने लगे।

धुनने की धुन पर बुनता था मैं

इस जीवन के कितने सपने

कुछ कर्तव्य से लदे पीठ पर

और कुछ नितांत मेरे थे अपने

रेशा रेशा बिलगा कर मैं

रूई की नरमाई उकेरता

उसकी सब गांठे खोल उसे मैं

उजला और हल्का कर देता

धुनता धुनता मैं उसके जीवन की

हर उलझन सुलझाता

वो रूई सी हल्की होती

मैं उसका सारा भार हटाता

ज़र्रा ज़र्रा रूई जब बादल सी उड़ती

हर पल उम्मीदों में उम्मीदें हैं जुड़ती

कुछ पाता कुछ खोता रहा हमेशा ही मैं

मन में जज़्बातों की लहरें रोज उमड़ती

धुनने की तान पर गीत समय का

धुनते चुनते बुनते गुनते

अपने मन के सारे सपने

पूरे कर पाने की धुन में

जीवन के मरूथल में मैंने

काया अपनी रख दी तपने

रूई धुनता छाले चुनता

और बुनता अपने सारे सपने

सत्तर पार उनकी आवाज़ सधी हुई और दमदार थी। इस उम्र तक पहुंचते पहुंचते वो ज़िंदगी की किताब को अच्छी तरह बांच चुके थे।

इस बात पर तो एक चाय और बनती है। शर्माइन बोलीं और उठ कर भीतर की ओर चलीं गई।

बहुत अच्छा कहतें हैं आप काका। मैं अपने शब्दों को इकट्ठा करते हुए किसी तरह बोली।

कहता कहां हूं बिटिया.... बताता हूं। कुछ अपनी ज़िम्मेदारियों के लिए जिओ और कुछ अपने लिए भी जी लो। वर्ना खुद जीने का मौका हाथ नहीं आएगा। समय ठहरता नहीं पर हमें एक ठहराव की ओर धकेलता तो है।

इस उम्र में भी आपकी सोच कितनी नई है काका।

मानो तो उम्र है और समझो तो ज़िंदगी उन्होंने दांत से धागा काटते हुए कहा।

शर्माइन तीन चाय के साथ फीकी मठरियां और अचार भी ले आई थीं। एक छोटी सी प्लेट में दो बड़ी मठरियों के साथ चाय काका को थमा कर वो भी वहीं बैठ गई।

चाय मीठी और गर्म थी.... गर्माहट और सुकून देने वाली। पहले घूंट के साथ ही जैसे मन ने अपने आप कह डाला।

आपके यहां की चाय बड़ी अच्छी लगी। काका ने चाय का एक घूंट भरा और दोनों हथेलियों के बीच मठरी को दबा कर उसके छोटे-छोटे टुकड़े कर चूरा सा बना लिया और मुंह में डालते हुए कहा।

मैं कुछ नरम सा ला दूं, शर्माइन को लगा कि उनके दांतों के लिए मठरी शायद सख़्त हो।

नहीं... कुछ दांत तो ठीक हैं। दाढ़ नहीं है पर मसूढे मज़बूत हैं।

शर्माइन मुस्कुरा दीं।

जो छोटी छोटी चीजों से हार मानने लगे, तो ज़िंदगी सिर्फ हराने पर तुल जाएगी। काका धीमें-धीमें मठरी खाते और चाय पीते हुए बोले।

मैं नतमस्तक थी, कि उम्र से कितनी जीवटता से जूझ रहे थे।

दो छोटे गाव तकिये और एक छोटी रजाई बनवा कर लौटते हुए मैं सोच रही थी कि उम्र से हारना कितना आसान है और जूझ कर जीतना कितना सुकून देने वाला।

जैसे बात हो ये कल की

जब तृष्णा थी छलकी

अवसाद बहा आँखों से

रूई सी रूह हुई हल्की

कहानी ११

तकिया

भारती पास ही अपनी कोहनी का तकिया बनाए सो रही थी जब मैं सुबह की उसकी पहली चाय बनाने उठा। सोते हुए कुछ पल उसे निहारना शादी के पहले दिन से ही अनवरत रहा। आज चाय के साथ विभोर के लाए बादाम भी ले आया। वो हमेशा भारती के चाय के प्याले के अकेलेपन के पीछे पड़ा रहता। खाली पेट चाय नुकसान करती है। कल रात जब वो अपना प्रोजेक्ट खत्म कर के यू एस से लौटा तो खजूर और बादाम के कई पैकेट ले कर आया था। यू एस में भारत से एक्सपोर्ट हुआ अच्छी किस्म का बादाम मिलता है। मैं पैकेट पर अपने देश का नाम देख कर मुस्कुरा दिया था। कांच की प्याली में भारती ने रात ही तीनों के हिसाब से गिन कर इक्कीस बादाम भिगा दिए थे।

चाय और छिले हुए बादाम ले कर कमरे में पहुंचा तो भारती उठी नहीं थी। वो बेड टी पीती तो बेड पर ही थी पर हमेशा ब्रश करने के बाद। चाय साइड टेबल पर रख उसकी थायराइड की टेबलेट निकालते हुए मैंने भारती को आवाज लगाई।

गधे घोड़े बेच कर सोई थी। दो आवाज़ों पर भी जब उसने जवाब नहीं दिया तो मैंने सोचा कि अब तो पानी की बूंदे डालना बनता है। एक बार शादी के बाद डाला था सोती हुई भारती पर पानी। उफ! आज तक ताने मारती है। विभोर की वजह से रात सोने में काफी देर हो गई थी। शायद इसीलिए भारती की आंख नहीं खुली। पानी के छींटे डालने की बजाय प्यार से जगा लेना ही मुनासिब लगा। हल्के हाथ से भारती के कंधे को छुआ तो वो जैसे एक ओर ढह सी गई। दिल धक्क हो गया। चीख-चीख कर पुकारा, हिलाया डुलाया, चेहरे पर पानी तक उड़ेल दिया, पर वो तो बड़ी

बेरहम निकली। बिना कुछ बोले-बताए ऐसे कैसे चली गई। सब कह रहे थे विभोर से मिलकर जाने को रूकी हुई थी। मेरा कोई अस्तित्व न था। अगले तेरह दिन घर में नाते रिश्तेदारों की रेल-पेल मची रही। भारती थी... अब नहीं है ये बात मैं स्वीकार नहीं कर पा रहा था। यंत्रचलित सा मैं न मालूम कितने कर्म काण्ड करता चला गया पर उसके न होने का यकीन नहीं हो रहा था।

भारती की चप्पल आज भी बिस्तर के पास वैसे ही रखी है जैसे वो सोते समय उतार कर रखती थी। उसकी साड़ियां आज भी हैंगर पर टंगी हैं। कुछ तो शायद लोगों में बांट दी गईं। मैं उसकी आल्मारी कैसे खाली कर दूं। उसका भी तो घर है ये। कितनी फाइलें थी जिन्हें वो घर में पढ़ा करती थी। उस ढेर को मैं कैसे हटा दूं, हर पन्ना छुआ है उसने। उसके मुव्वकिलों के फोन आज भी बजते हैं उसके मोबाइल पर। बहुत से तो जानते ही नहीं कि अब उनके केस कोई और लड़ेगा। एडवोकेट भारती मजुमदार अपने कितने काम अधूरे छोड़ कर अनंत की यात्रा पर चली गई है।

उस दिन भी रोज़ की ही तरह सूरज उगा और अपना दिन भर का फेरा लगा कर आसमान को स्याह कर के चला गया। धीरे-धीरे घर पर आये लोग भी चले गये। सब के चले जाने के बाद उस दिन जब मैं बिस्तर पर लेटा तो उसका तकिया खाली था। वो तब तक खाली ही रहता था जब तक वो मेरे लिए दूध ले कर न आ जाए। मेरा गिलास मुझे थमा कर वो हाथ जोड़ कर रात की प्रार्थना कर बाएं करवट सो जाती। मैं सोचता था कि वो मेरी ओर मुँह कर के सो रही हो पर जब उसने बताया कि रात को बाएं करवट सोने से पाचन अच्छा होता है तो मैं खूब हंसा था। आज वो दूध ले कर नहीं आएगी। विभोर दूध ले कर आया। पर वो उस बिस्तर पर सोया नहीं। दूध मुझे थमा कर वो अपने कमरे में चला गया। तकिया खाली रह गया। मैं रात भर उसके इंतजार में जागता ही रह गया। उसे न आना था और न वो आई।

सुबह सर के भारीपन ने रात भर के जागरण का पता विभोर को दे दिया। समझदार बच्चा है। भारती ने अच्छे संस्कार दिए हैं

उसे। मां के चले जाने पर पिता की मनःस्थिति क्या होगी वो समझ रहा था। भारती का बड़ा मन था घर में दुल्हन उतारने का। अपना अरमान अपने साथ ही ले कर चली गई। निष्ठुर.... निर्मोही...

दस बारह दिन ही बीते होंगे कि विभोर शाम को लौटा तो दो चैदह पंद्रह साल के बच्चे भी पीछे-पीछे चले आए।

पापा! इन्हें थोड़ी मदद चाहिए...

मैंने दोनों को देखा तो मेरे चेहरे पर शायद कुछ सवाल उभर आए होगें इसीलिए विभोर बिना रूके बोला। ये मेरे कुलीग के बच्चे हैं। राघव और पार्थ। मेरे कुलीग का ट्रांसफ़र बंगलौर हो गया है। वो चार दिन हुए चला गया। इनके बच्चों को साइंस के प्रोजेक्ट में मदद चाहिए थी तो मैंने बुला लिया।

पर मैं....?

पापा! पेपर आर्ट में आपका हाथ कितना बढ़िया है मैं हर जन्माष्टमी को देखता आया हूं। फिर मेरे प्रोजेक्ट भी तो हमेशा आपने ही बनाए हैं। प्लीज इनकी मदद कर दीजिए।

होस्टल में रहते हो? पापा ने सीधे उन दोनों से सवाल कर दिया।

नहीं मां के साथ... पार्थ बोला। घर पीछे वाली बिल्डिंग में ही तो है।

और वो प्रोजेक्ट नहीं बनवा सकती....?

वो संस्कृत पढ़ाती हैं... साइंस के प्रोजेक्ट कैसे करवा पाएगीं। फिर पापा भी तो इतनी दूर से क्या कर पाएगें।

बच्चे समझदार थे... मैंने हां भर दी।

अगला एक हफ़्ता उन बच्चों के साथ कैसे बीत गया पता ही नहीं चला। कुछ दिनों में उनका प्रोजेक्ट पूरा होने वाला था। एक

दिन राघव बोला... सर क्या आप मेरे कुछ और दोस्तों की भी हेल्प कर देंगे....

बेटा मैं टीचर नहीं हूं.... मैं तो

पर आप बहुत अच्छे से समझाते हैं। वो मार्केट रेट पर टीचर अफोंड नहीं कर सकते। अगर...आप...

दो से चार और चार से चैदह बच्चे... कोई साइंस पढ़ रहा है तो कोई पेपर आर्टस् सीख रहा है। पूरा दिन उनके साथ सर खपा कर जब बिस्तर पर लेटता हूं तो भारती का खाली तकिया मुझे उसकी याद दिलाता है और मैं बाएं करवट सो जाता हूं। क्योंकि बाएं करवट सोने से पाचन अच्छा होता है। ऐसा भारती कहती थी।

मुझको है ये खबर

तुम हो तो यहीं पर

क्या हुआ जो सबको

आती नहीं नज़र

कहानी १२

जी-20

रिया अब 15 के बाद ही आएगी। घर में घुसते ही मंदिरा ने भुवन को सूचना दी। मंदिरा की आवाज़ में कुछ झल्लाहट का पुट था।

पर भुवन ने शायद मां की बात पर ज्यादा गौर नहीं किया। वो अपनी ही रौ में बोला। बाप रे! इतना ट्रैफिक... पूरे पैंतालिस मिनट लगे। दस मिनट का रास्ता था। भुवन ने गाड़ी की चाभी की-होल्डर पर टांग दी।

क्यों भला! मंदिरा ने मंदिर के दोनो पल्ले बंद करते हुए तनिक आश्चर्य से पूछा।

मम्मा जी-20 की तैयारियां चल रहीं है। सफाई, सेफटी और जाने कितने तामझाम हैं। भुवन फ्रिज खोल कर कुछ कम ठंडी पानी की बॉटल ढूंढ रहा था।

लोगों को कितनी तकलीफ़ होती है.... मंदिरा ने मंदिर में जलने वाले बल्ब का स्विच ऑफ कर दिया था। भगवान जी की रात्रि-शयन की तैयारी थी।

पर मम्मा पर जी-20 का अपने यहां होना कितनी बड़ी बात है। इतना तो बनता है ना मम्मा।

मैंने कब कहा कि ये बड़ी बात नहीं पर अब इसकी वजह से सोच हम सब कितने परेशान हो रहें हैं। मंदिरा रसोई की ओर बढ़ी कि भुवन ने रोक दिया। मैं खाना ले लुंगा आप जाओ। पापा को दूध देना होगा। ठंडा हो जाएगा तो आपको फिर से गर्म करना पड़ेगा।

हम्म! कहती हुई मंदिरा दूध का गिलास उठा कर अपने कमरे की ओर चल दीं।

मंदिरा और प्रवीण का एक सुंदर परिवार है। भुवन और रिया दो बच्चे और दोनों लायक। रिया अपने ससुराल में सुखी थी। उसकी सास ननद उसे बहुत मानते थे। यहां भुवन की पत्नी सुप्रिया भी बहुत नेक है। उसकी नौकरी ऐसी है कि उसे अक्सर बाहर आना जाना पड़ता है। जुड़वा पोता पोती आर्म्ड फोर्स मेडिकल कॉलेज से डाक्टरी की पढ़ाई कर रहे हैं। अब घर में बचे तीन प्राणी। सुखी परिवार की परिभाषा में पूरी तरह फिट होता है मंदिरा और प्रवीण का परिवार।

पिछली महीने गुरू पूर्णिमा पर सत्यनारायण की कथा में रिया ने सबको बंबई बुलाया था। रिया की ननद की सास सुनंदा जी भी आई थीं। उनका व्यवहार ऐसा की सबको अपना बना लें। पूजा के अगले दिन चलते समय मंदिरा ने उन्हें दिल्ली आने का न्यौता दे दिया। उन्होंने भी न्यौता स्वीकार कर लिया। वैसे तो कौन किसके यहां जा पाता है। सभी अपने-अपने जीवन में व्यस्त हैं। पर समय के आगोष में क्या है किसे पता। सुनंदा जी की भतीजी का रिश्ता दिल्ली में तय हो गया। तिलक की तारीख 21 सितंबर तय हुई थी। अब लड़के के तिलक के लिए तो उन्हें दिल्ली आना ही था। सो रिया ने मंदिरा से बात की और सुनंदा जी को अपने यहां ठहरने का सुझाव दे डाला। शादी ब्याह वाले घर में डायबिटिक पेशेंट को कितनी ही केयर मिल पाती है इसलिए थोड़ी सी ना नुकुर के बाद सुनंदा जी मंदिरा के घर ठहरने को राजी हो ही गई।

इंसान चाहे कैसा भी व्यवहार रखता हो रिश्ता और उसका दर्जा तो हमेशा देखना ही पड़ता है ना। सो रिया की सास और मंदिरा ने तय किया कि रिया दस दिन पहले आ कर थोड़ा घर को देख लेगी क्योंकि सुप्रिया के लौटने में तो अभी तीन महीने बाकी हैं।

यूं तो पूरी दिल्ली ही विदेशी अतिथियों के स्वागत के लिए सज सवंर रही थी पर दक्षिणी दिल्ली और एयरपोर्ट के आसपास के इलाके की साज सज्जा कुछ विशेष थी। पिछले दिनों ही कोई कह रहा था कि विदेशी प्रतिनिधियों के अनेक दल मुरथल के ढाबे पर तंदूरी पराठों और सफेद मक्खन का मज़ा लेते हुए दिखाई पड़े। कोई मेहमान आने को हो तो एक अजीब सी ताज़गी भर जाती है।

लेकिन मंदिरा की सुने तो उनके हाथों से तो तोते उड़े हुए थे। जी-20 की वजह से रिया 15 के बाद ही आएगी। फिर तो दिन ही कितने बचेगें। सबको सुबह-सुबह उठा दिया था। सारे घर की चादरें, तकिए, पर्दे, कुशन सब बदलवाए जा रहे थे। शो-केस में रखे सजावटी सामान निकाल कर जमीन पर रखे थे। झाड़-पोंछ का इतना विस्तृत स्वरूप तो भुवन ने दीवाली पर भी नहीं देखा था। मम्मा को हो क्या गया है? उस दिन सुबह-सुबह बच बचा कर चलते हुए भी एक फूलदान पांव से लग कर चटक गया। मम्मा ने कुछ कहा तो नहीं पर उनका दो मिनट तक फूलदान को देखना और फिर एक नज़र भुवन की ओर देखना ही प्रवीण और भुवन को सारे संदेश थमा गया था।

रोज डिलिवरी ब्वाय कुछ न कुछ नया घर में लिए चले आते थे। अक्सर जब वो उन पर देर से आने को ले कर भड़कती तो वो सड़कों पर बढ़े ट्रैफिक का हवाला दे देते।

एक दिन तो नाश्ते की टेबल पर बैठी परांठे का कौर हाथ में लिए शायद इसी चिन्ता में बैठी थी कि प्रवीण ने मंदिरा को टोका।

खा लो ना.... किस सोच में बैठी हो।

अरे सोचना क्या है? बस यही ध्यान आ रहा था कि जी-20 की वजह से कितने रास्ते रोके गए हैं, कितने रूट डाइवर्ट किए जाएगें। लोगों को कितनी परेशानी हो रही होगी। इस बारे में भी कोई सोच रहा है क्या।

क्यों... तुम अपनी बेटी की नन्द की सास के लिए सारे घर को सर पर उठाए हो। तुम सोच रही हो क्या कि हम सब कितने परेशान हो रहे हैं। घर के सारे लोग बस उनके आने की तैयारी में लगे हैं।

हां! तो ये हमारा घर है। यहां कुछ भी उंचा नीचा हुआ तो तुम्हारी बेटी के सम्मान पर असर पड़ेगा।

तो तुम अपनी और अपनी बेटी के सम्मान के लिए इतना हल्कान हुई जा रही हो।

हां तो इसमें गलत क्या है? बेटी की ससुराल की भी ससुराल... समझते हो...! इज़्ज़त भी तो सहेजनी होती है। मंदिरा तनिक रोष से बोलीं।

तो जो तुम्हारे देश में हो रहा है वो भी तुम्हारी ही इज़्ज़त है। जिसे ये सारे लोग सजा संवार कर सहेज रहे हैं। प्रवीण ने रोष का जवाब ठंडे शब्दों में दे डाला।

मंदिरा चुप थीं पर शायद उन्हें अपनी और अपने देश की स्थितियों में समानता समझ आई थी। प्रवीण और भुवन देख रहे थे कि मंदिरा ने चाय का घूंट भरा और इतमिनान से कुर्सी की पीठ से टेक लगा कर बैठ गईं। उम्र के इस पड़ाव पर रिश्तों की समझ रखने वाली मंदिरा को एक आज का बच्चा रिश्तों की आन-बान और शान का ये स्वरूप समझ आ रहा था।

सच है सीखने की कोई उम्र नहीं होती। मंदिरा के भीतर से ही जैसे उन्हें कोई समझा रहा था। उनके चेहरे पर एक सिम्त मुस्कुराहट आ कर ठहर गई।

उषा किरण के संग नित आए

नया दिवस नव सोच लिए

नई नई बातों की ऊर्जा

नई सीख नव ओज लिए।।

Milton Keynes UK
Ingram Content Group UK Ltd.
UKHW040439031224
452051UK00005B/30